闫荣霞 邢万军

——编著——

所有的命运
都是成全

北方文艺出版社

图书在版编目（CIP）数据

所有的命运都是成全 / 闫荣霞，邢万军编著. —— 哈
尔滨：北方文艺出版社，2018.8
ISBN 978-7-5317-4218-0

Ⅰ.①所… Ⅱ.①闫… ②邢… Ⅲ.①散文集 – 中国
– 当代 Ⅳ.① I267

中国版本图书馆 CIP 数据核字（2018）第 050439 号

所有的命运都是成全
SUOYOU DE MINGYUN DOUSHI CHEGNQUAN

编　者 / 闫荣霞　邢万军

责任编辑 / 路　嵩　富翔强　　　　　装帧设计 / 朗童文化
出版发行 / 北方文艺出版社　　　　　网　址 / www.bfwy.com
邮　编 / 150080　　　　　　　　　　经　销 / 新华书店
地　址 / 黑龙江现代文化艺术产业园 D 栋 526 室

印　刷 / 廊坊市国彩印刷有限公司　　开　本 / 880×1230　1/32
字　数 / 160 千　　　　　　　　　　印　张 / 8
版　次 / 2018 年 8 月第 1 版　　　　印　次 / 2018 年 8 月第 1 次印刷

书　号 / ISBN 978-7-5317-4218-0　　定　价 / 32.00 元

编者的话

我们身处一个经纬交织的复杂世界。行走的过程中，很多时候，也许就把心灵忽视了。但是，又做不到完全的忽视，因为在追求外在世界的时候，会莫名地觉得忧伤和失落，会问：

"我是谁？"

"谁是我？"

"我在哪里？"

"我在做什么？"

"我想要什么？"

"我遗忘和失落了什么？"

"何者为丑，何者为美？"

那就是我们的心灵在执着地唱歌。所有的歌声，主题只有一个，那就是"感觉"。

我们大多数人都不爱护自己的感觉，小时听父母的，当学生听老师的，工作了听领导的，成家了听爱人的，老了听孩子的，空虚的时候听不知道什么"大师"的，结果自己明明有感觉的，却都给贬成错觉。所以很多人迷惘如孩童，不知道自己到底想要什么，也不知道自己小小的心灵，有着怎样一个微观而丰富的世界。

那么，这套"心灵微观"丛书的作用，就是希望读者从现在开始，直面自我，多听听自己的声音，多尊重自己的感觉：你会发现，原来你的心灵如此鲜明而生动。它在街边飘过的一首歌里，怀抱的小娃娃的一声欢笑里，开河裂冰的一声咔啦啦的巨响里，森林的阵阵松涛里。它在人们的笑脸上，一个电影里，一篇文章里，一个新交的朋友坦诚的双眼里。它使我们领略生之美好，收纳生之快乐。

编者历时数载，定向收揽如知名作家朱成玉、周海亮、澜涛、凉月满天、顾晓蕊、吕麦、安宁、古保祥、崔修建……以及新秀作者的优秀作品，以期不同的作者以不同视角，表达自己最真切的想法、念头和感触，剖析自己的心灵，以此为引，希望读者朋友也对自己的心灵细剖细析，细观细察，深入认知，深切会合，于细微处得见心灵的宏大愿景，从而不忘初心，砥砺前行，欣赏美好，过朴实而欣悦的一生。

这，就是编者的初心。

"心灵微观"丛书共有六册，其中《不负人生不负卿》以"感情"为切入点，讲述了"爱"是怎么一回事。想要去爱人是人的天性，想要被人爱是人的本能。是的，谁都会有生命的极夜，觉得一路上无星无月，无路无爱。但是不要紧，一分一秒挨过去，咬牙任凭痛楚凌迟。世间万物都会辜负，唯有流光不相负。迟早它会把你的痛冲刷殆尽，哪天想起来，也只余下淡白的模糊影子，那是你一个人的伟大胜利。而转头处，你会发现，原来一直有人在深深地爱着你。

《平凡不可贵，最怕无作为》以"事业"为切入点，讲述了我们的艰辛奋斗，艰难成功。奋斗到后来，你会发现，任何难题都不是难题。挑战是给你机会去战胜挑战，艰难是给你机会走出艰难，困境是给你机会让你成长到足够翻转困境。只要转换视角，就能翻转命运。

《所有的命运都是成全》以"命运"为切入点，讲述了非常玄奥的"命运"是什么东西。命运能是什么东西呢？它是生命，是际遇，是曲曲折折的前进，是寸步不肯移的守候，它是一切。际遇如火，骄傲如金。珍而重之地对待生命，不教时日空过，无论怎样的波峰浪谷，都无损于我们自己的骄傲。遇吉不喜，遇凶不怒，坦坦荡荡，宽宽静静中，一生就能这么有尊严地过去了。

《苦如蜜糖，甜是砒霜》以"苦难"为切入点，讲述了人人望而却步却人人都有可能经历的"苦难"。这个光鲜靓丽的世界上，这么多光鲜靓丽的人，都包裹着一颗拼命挣扎的心。没有谁真正潇洒，大家都不轻松。也许困顿是良机，因为障碍越多，被跨越的障碍越多。不必被愤怒和悲伤蒙住了眼，假如退开来看，说不定能够看出命运的线正从彼处发端，要给你织成一幅美丽的锦缎，只要你给它时间。不如一边整小窗，一边倚小窗，一边买周易，一边读周易，一边挖池塘，一边坐池塘，一边养青蛙，一边听蛙叫，心头种花，乐在当下。

《绿墙边，花未眠》以"美好"为切入点，细细描绘了生命中的美好片断和美好场景，动荡人生中的稳静光阴。生命是需要稳和静的，如同篱落间需要点缀一点两点小黄花；就像《红楼梦》里的大观园，有那样金粉玉砌的所在，就有稻香村这样的幽静之所可以养静，可以读书，可以于落雪落雨之际，去品生命况味。

《昨日不悔，明日不追》以"赤子之心"为切入点，与读者一起，重觅本心，重拾美好华年。"归去来兮，田园将芜胡不归？"现代人没有陶渊明的幸运，不是所有人在厌倦了都市生活后，都可以有一个田园迎接自己的归来。实在没办法的时候，我们可以在心里给自己营造一个独属于自己的田园，那里有如烟蔓草，有夕照，有落英。

一个人，生活在一片破落的村庄，隔着一条大河，有一个仙境一样美的地方，那里整日云雾缭绕，太阳一出，云雾散去，鳞次栉比的房屋又像水墨画一样。他想："啊，要是能到那里生活就好了。"于是，有一天，他下定决心，整理行装，登程了。

当他辛辛苦苦到达那里，才发现那里的村庄一样破落，那里的人们和自己家乡的人毫无二致。他失望透顶。隔河望去，自己的家乡也美丽得如同仙境，云雾缭绕；当云雾散去，房屋也如水墨，引人遐思。

真是一个隐喻式的故事。我们的人生就时时生活在这样的矛盾之中，总是觉得身处的环境不好，正在做的工作不好，享受到的待遇不好，挣到的钱太少；可是当我们换一种身份，挣了大钱，得了大名，又会觉得还是平平淡淡的生活更好。

说到底，我们总是这山望着那山高，其实却是这山和那山一样高。你觉得这里的山好，那么别处的山就一样好；你觉得这里的山不好，那么别处的山一样不好。

就像一个人从一个小镇搬到另一个小镇，询问当地的一个老者："这里的人好不好？"老者反问："你家乡的人好不好？"他说："我家乡的人都好极了，既热情又善良。""那么，"老者说，"这里的人也都好极了，既热情又善良。"

另一个人也从一个小镇搬到了这个小镇，也询问这个老者同样的问题，老者也反问："你家乡的人好不好？"他说："我家乡的人都坏透了，既冷漠又奸诈。""那么，"老者说，"这里的人也都坏透了，既冷漠又奸诈。"

高低好坏，其实都在自己的心呢。

借由"心灵微观"，希望我们真的能够荡涤凡尘，得见本心，心灵如清水洁净轻灵。

前　言

恺撒大帝说：我来，我看，我征服。

李白说：安能摧眉折腰事权贵，使我不得开心颜。

笛卡尔说：我思，故我在。

三位古人，用一个"我"字表达了人类的普遍处境——无论何时何地，人都必须思考一个问题：对人生应该采取什么姿势：进攻，还是坚守？

其实我们每个人刚上路的时候都像恺撒大帝，渴望一线平推决胜千里，就像一艘满怀豪情壮志扬帆远航的巨轮，满载着种种美好愿望和品性驶向彼岸：理想、尊严、道义、责任、慈悯、友爱、真情，每一件都崭新、光亮，在太阳底下闪烁着熠熠的光芒。

可是山高滩险，浪大风急，不知不觉就开始减少负重。理想扔掉了，责任看淡了，义务能逃避则逃避。慈悯？我自己还吃不上饭呢！友爱成了空谈，真情又哭又喊，也给一脚踹进海洋。能扔的都扔了，尊严又值几毛钱一斤？强权压境，膝盖软一软正常，太正常。

就这样，负重小了，心大了，眼空了，我们的大轮船满载着车子、房子、票子安全靠岸了，什么都有了，可以欢呼胜利了。可是，"我"到哪里去了？

于是，为了守住真我，有人就不当恺撒大帝了，中途改弦，要做李白、弃官的陶渊明、平生就不肯做官的王冕，还有不知道多少无名英雄，终老林泉溪壑。

从常人角度看，我们赢了，他们输了。

从做人的角度看，他们赢了，我们输了。

可是，从当代的成功学标准来说，我们和他们都输了。

我们输在不敢为了做真正的"我"，去挑战既定的社会法则。

他们输在虽然凭着一种"变态的自尊心"保住了自我，却又生不逢时，不得不做出非此即彼的选择。

其实现在，我们置身其中的世界还是宽容的，只要你守得、耐得、等得、做得，未必就不会鱼与熊掌兼得。

一个朋友来看我，曾经赫赫有名的大才子，如今经商发财。十年间他从一砖一瓦起家，如今盖起高楼大厦，个性也变得华丽、圆滑。我问他还写不写东西，答曰早不写了。问他快乐不快乐，他说也快乐，也不快乐。所谓有得就必须要舍，但是舍掉的必然不是自己愿意舍掉的，所以午夜梦回，心里总有那么一块地方，空得难受，又毛毛草草。那里本来是应该开出一片花的，现在撂荒了。趁着而今"天良未泯"，还有感觉，那就尽情地说一说。等到哪一天一切初衷都已忘记，连"我"都丢掉的时候，想说也说不出来了。

听他讲话，宛似看一个悲哀的梦境，那张略带醉意的脸看得我莫名悲怆。在一场激烈攻战高地的战斗中，他成功了，而在沉默而无声的阵地坚守战中，他"挂"了。

其实人生本无所谓攻守，只要在努力中快乐，在快乐中坚持，在坚持中达到，在达到后还能回眸欣慰一笑，就是最大的圆满了。

本书精选数十篇知名作家文章，现身说法，向读者传递一种看不见却真实存在的能量，有了它，我们前行有力；有了它，我们有胆量行走黑夜，放声歌唱。

CONTENTS

CONTENTS

第一辑

我想，我做，我做到了

你想做什么样的人呢？你拥有什么？缺失的是什么？想做什么？不想做而正在做的是什么？是什么在使你分心？什么让你恐惧？你在对什么产生怀疑？包裹你的有哪些不能要的负面思维？对于想要做成一个这样的人，你的态度是积极还是消极？

回答这些问题。然后咬紧你的目标，赶逐那些影响你梦想实现的负面情绪，打破那阻止你梦想实现的厚障壁（其实你打破它之后，会发现它薄得像纸），大声说出你的理想，试一试，你就会发现：我想，我做，我做到了。

好运源于信念

[英] 克里斯·罗斯　著

庞启帆　译

尼克斯是一个普通的男人。他从未遇上过什么特别好的事，也从未遇上过什么特别坏的事。像许多人一样，他心甘情愿地过着这种不好不坏的生活。

但是，尼克斯有一点与他身边的许多人不同，那就是他绝不相信迷信。他不相信诸如黑猫从身边跑过、碰倒盐罐、在屋内打开雨伞这些事情会给一个人带来好运或者坏运气。

尼克斯经常光顾他家附近的一家酒馆，在那里和朋友喝咖啡、聊天。朋友们喜欢打牌赌钱、赌马、买彩票，尼克斯从不参与，因为他从不相信碰巧和运气。

一天早上，尼克斯在刮脸的时候，注意到墙上的镜子有些歪了。他伸手去把镜子扶正，没想到镜子从墙上掉了下来。伴着一声巨响，镜子碎了。尼克斯记得有人曾说过，"打烂一面镜子，要倒霉7年"。也就是说，这是一个不祥的预兆。但尼克斯认为这纯粹是胡说。他捡起碎片，丢进垃圾桶，然后继续刮脸。

刮完脸后，他走进厨房做早餐。当他拿起盐罐的时候，盐罐从他手上掉了下来，摔得四分五裂，盐洒得到处都是。

他知道，根据某些人的说法，这也会给他带来坏运气。但尼克斯根本没把它放在心上。

在上班的路上，他看见一只黑猫从他身边跑过。他没在意，继续哼着歌儿一路前行。

到达公司后，尼克斯把这一切告诉了他的同事。"今天你要倒霉了。"他们都说。但什么坏事情也没发生。

晚上，尼克斯和往常一样来到酒馆，把今天所发生的一切告诉了朋友们。所有的朋友立刻离他远远的："你就要倒霉了，我们不想被你连累。"

尼克斯和往常一样坐在吧台前，等着坏事情落在他身上。但整个晚上，什么坏事情也没在他身上发生。

"尼克斯，过来和我们玩牌吧！我肯定赢！"一个朋友笑着说。往日尼克斯不玩牌，但他决定今晚玩一把。他的朋友把一大沓钞票放在桌子上，所有人都认为尼克斯肯定会输。

但事情并非他们想象的那样。

尼克斯赢了。朋友不服气，再跟尼克斯玩骰子。然而，又是尼克斯赢。再玩另一种游戏，又是尼克斯赢。"继续吧，尼克斯！"他的朋友们狂喊道，"把你赢来的钱都买彩票！"尼克斯按他们所说的去做了。

第二天下班后，尼克斯准时来到酒馆。彩票开始摇奖了，每个人都紧盯着电视屏幕。首先开出来的是三等奖，是尼克斯所买的号码。然后是二等奖，是尼克斯的另一张彩票上的号码。最后是一等奖，又是尼克斯所买的号码。他包揽了三个大奖。

这简直令人难以置信。大家认为昨天在他身上所发生的事情会给他带来霉运，没承想竟然给他带来了好运！

　　第二天，尼克斯买了一本关于迷信的书，书上讲的都是世界各地关于迷信的说法。读完书后，他决定每件事都做一遍，看这些事是否会给他带来霉运。他把空瓶子留在桌子上；他叫妻子给他剪头发；他接受一盒作为礼物的小刀；他脚朝门口睡觉；他把一根蜡烛放在镜子前；他买号码为6或者13的东西；他在小舟上吹口哨……然而，随着他做的事情越多，他的运气就越好。他再次赢得了彩票。每晚在酒馆玩骰子游戏，他都赢。事情变得越来越疯狂，他买了一只黑猫做宠物，还故意打烂了几面镜子。

　　他做了更多迷信的事情，但他变得更幸运。一天晚上，他又来到酒馆。"你们看，"他对他的朋友说，"一切都好得不得了！迷信是胡说！那些荒谬的事情我做得越多，我就越幸运。"

　　"但是尼克斯，"他的一个朋友答道，"你难道没察觉，其实你像我们一样的迷信？当你看到打破迷信反而给你带来好运的时候，你更执着于去做那些事情，你的所为本身就是一种迷信。"

　　尼克斯认真想了朋友所说的话。然后，他承认确实是那样。他是那么执着去打破那些迷信，在某种程度上说，他确实是在注意那些迷信。

　　第二天，他不再做那些迷信的事情。他又做回了以前的那个尼克斯，有时候运气好，有时候不好。他不再不相信迷信，但他也不相信迷信。

他的朋友对他说："尼克斯，是你的信念带给你好运。是你的自信帮助了你，不是迷信。"

尼克斯认为朋友说得对。然而他总是在想，如果他没有打烂那面镜子，又会发生什么呢？

等待只为下一秒成功

从 容

　　她被歌迷朋友亲切地称为东方的"阿黛尔"。她不但拥有高挑修长的身姿和美貌绝伦的面庞，而且还有一副让人赞不绝口的好歌喉。她的歌声仿佛来自天籁，优美而动听，让人为之深深沉醉。她就是马来西亚的25岁年轻歌手——茜拉。

　　茜拉在马来西亚可谓是家喻户晓的歌星，甚至可以称得上是"国宝"。去年习主席到马来西亚访问，马来西亚的元首特别钦定由她为习主席演唱歌曲。可是这些无数荣誉的背后包含着多少艰难和辛苦的付出，茜拉深有体会。

　　她出生在一个艺术家庭中，是家中的长女。她的父亲NDLala是马来西亚家喻户晓的男歌星，80年代红极一时。而她的母亲是名演员。从小她受父亲的影响特别喜欢唱歌，有一种与生俱来的音乐天赋。

　　父亲从她5岁起就教她唱歌。10岁时还自费为她出版了第一张音乐专辑，她的好声音就此崭露头角。也许有人认为从此她的星光之路应该是一片坦荡，可是一场家庭意外的变故却差点断送了她的音乐之路。

　　那是2000年，她父亲做生意受骗了，结果欠下高达40

万马来币。由于无力偿还，父母只好把房子和全部的家当都抵押了出去，然后全家租住别人的房子里。有时付不起房租，他们只好被迫搬家，那段时间里曾经反反复复搬了七次的家。

尽管经济上异常艰难，可茜拉的父亲从来没有放弃过对女儿音乐上的培养和指导。一年冬天，他们租住的屋子里没有暖气，可茜拉还要每天长时间地进行音乐训练。一次，她发高烧达到了39度，一张小脸烧得通红通红的，可是她还坚持学习。父亲很心疼地劝慰她："茜拉，要不我们今天别练了，你生病了休息一天吧。"可茜拉却扬起那张倔强的小脸坚定地说："爸爸，没关系的，我能挺住，我们继续练习吧。"

当父亲满怀希望带着她找到了一家又一家音乐唱片公司时，没想到都遭到了拒绝。因为在当时没有一家唱片公司会把一个孩子捧成明星，唱片公司希望不承受任何风险。茜拉的内心里很失望，也很难过，难道她的音乐梦想不能实现了吗？暗地里她悄悄地哭过了多次，但是不能让父母看见，她不想他们因为她变得更加的心力憔悴。

可父亲还是看出了她全部的心思，开导她："茜拉，你不要放弃，要坚持梦想。这一秒不放弃，也许下一秒就有希望！只有坚持下去才可能成功！"茜拉深受启迪，她告诉自己从此要更加坚强。

坚毅终于迎来了曙光。16岁时她参加了马来西亚一档音乐比赛节目，结果获得了第二名，从此她音乐道路才变得一帆风顺。

2012年9月，茜拉参加《声动亚洲》的亚洲区总决赛。

面对这场强手如林的比赛，父亲对她说，你一定要学唱中文歌，中文音乐是一块很大的"疆土"。听从父亲的建议后，不谙中文的她刻苦练习中文歌，随后一路过关斩将，决赛时更以一首歌曲《征服》，赢得了现场的6位评委和众多观众的一致赞誉，因此获得了最高荣誉的"至尊之星"奖杯。

但前进的脚步并没有停止，今年她又参加了《我是歌手》第二季比赛。第一次亮相的她，一身端庄高贵的红裙，头戴黑纱，仿佛一个美丽、耀眼的女神出现在人们的面前。当音乐声响起，她饱含深情地唱道：分手那天，我看着你走远，所有承诺化成了句点，独自守在空荡的房间，爱与痛在我心里纠缠……她将整首歌演绎得高亢动人，精湛的唱功让人们记住了这个马来西亚漂亮、活泼、善良的女孩。在随后的每一场比赛里，她越唱越好，大气稳定的台风和洒脱奔放的演唱风格让她最终进入了总决赛，同时更是赢得了许多观众朋友的喜欢，微博上的粉丝数更是从之前的2万人猛增到20多万。

面对成功，茜拉却坦露了内心里的真实想法："我想要用歌声去征服世界，把流行音乐带到世界的每一个角落。"

如此的豪言壮语，宣誓着茜拉用歌声征服世界的决心。是啊，青春的梦想，要用不断的拼搏和努力去完成，也许这一秒的等待下一秒就会成功。坚持梦想，让梦想如含苞的花蕾般最终绽放。

纸片人

凉月满天

陪着电视台去采访。

主角是一个"纸片人"。

握手、寒暄,她的手伸过来,一握冰我一哆嗦,好凉!

薄薄的一片身子,好像一片薄薄的叶子。秋叶。大家都见过春天的叶子,丰厚的,华美的,生着细绒,映着日光,摸着绵软,闻着醇香。秋天的叶子,沐了金风,经了冻霜,薄的,脆的,蜷曲的,枯落的,躺在地上,落日映照,灰灰的一片秋凉。

她穿着薄秋衣、厚秋衣、保暖内衣、毛衣、马甲、羊绒大衣,而我只穿一件毛衫一件外衣,结果她的整个身体厚度只有我三分之一。

所以我偷偷给她起了个外号,叫"纸片人"。

"纸片人"是一所小学的教务主任,2001年罹患乳癌,迄今十余年矣。动手术、放疗、化疗,那是一段生死炼狱;偏偏老公又因此得了重度抑郁。于是她的生活就变成这样:回到家,上有年迈的公婆父母需要奉养,中有患抑郁症的老公需要关怀,下有弱小不知事的孩子需要教育扶持。来学校,上有层层叠叠的上级派发的工作需要完成，中有本校教育教学方面的工作需要指导，下有带的班里一个个跳来跳去的小跳蚤一样不肯安分的小娃娃等着她传道授业。

所有的力量压在她的身上，她却在采访的过程中，一直恬静地笑，我好像看见她的内心有湖水天光，林木秋叶——生活的重压危及不到她的内心。

所以我又错了。她不该叫"纸片人"，该叫"蚕丝人"。

蚕丝，而且是天蚕丝，武侠片里经常出现的道具，说是此物虽细而柔韧绝顶，刀砍不可断，拿它织一件宝衣穿在身上，基本上就等于刀枪不入、外力不伤的神仙。是的，她的心就好比天蚕丝包裹住的一枚鸡蛋，里面一汪圆圆的蛋黄，刀斧无伤。

我羡慕她。

一次一位男士夸我："闫老师真精神！"我掩了半边的嘴，有一丝怕被人看破的心虚。整个人好比一个漂亮的包，锦绣绸缎，光泽焕然，内里却早已虫蛀鼠咬，一片凄惨。笔底歌颂春光，心里一片秋凉。整个人既不柔韧，亦不豪强。

我眼里世界破败，人心孤寂，整个人生不是天堂，是炼狱。在这个纸片一样的人眼里，世界却庄严华美，人也庄严华美，即使身患绝症，她也认作完美，因为命运给了她看到生活的另一面的机会。

就在我的旁边，一边规划着采访内容，指导着记者和摄像，排布着采访阵势和氛围，电视台的节目部主任一边不停地接电话、打电话。这也是瘦瘦的一个女人，年过三十诞下一女，爱如珍宝捧在掌心。来电话的是幼儿园老师：小女儿高烧不退；她打过去的电话则是给老师安排，让孩子如何吃药，如何先哄孩子睡觉，等我一下班便去接她，如此等等。

当时已是中午十二点。

我说你让老公把孩子接回去照料，她说我们两地分居；我说小孩的爷爷奶奶？她说两个老人都已经过世；那你的父亲母亲？她说他们倒是都在，归我奉养，可是年高有病。

我说那你赶紧走吧，孩子要紧。她说不要紧，我们抓紧，抓紧。

于是拼命抓紧。十二点半，对"纸片人"的采访终于大功告成，发着高烧的小女孩也终于回到妈妈身边，小小的人，脸蛋儿烧得通红，像一粒长着大眼睛的红樱桃。她心疼地把女儿抱紧再抱紧。

又是一个蚕丝人。

一次一个先进人物事迹报告团来本地，其中一位瘦瘦的女士，比林黛玉还林黛玉，一句话停三停，细语轻声。我心说这谁家的阔太太搞了钻营，得了荣誉，到处现演。结果听到后来，这个女人也是乳癌，动了大手术才不过半年，正在放疗和化疗阶段……她处处都不讲自己如何艰难，而是一个劲儿谢地谢天：因为有了生命，所以才有这一切的离合悲欢。

她们的心真柔韧，真柔韧。

什么是生活和生命的真相？读一本书，书上有句话这样讲："你贯注在什么上面，你就得到什么。"那么，这就是真的：你贯注喜悦，便得喜悦；贯注悲哀，便得悲哀；贯注幸运，便得幸运，贯注不幸，便得不幸。

一直以为生活让人无奈，谁想竟真的不断有人把喜悦贯注在悲哀，尤其是那些柔弱的女性，原来她们的心并不柔弱，而是柔韧。而我们这些原本当觉得幸运和幸福的人啊，身康体健，家有余钱，再多的困境总有人帮自己一起分担，却总觉得所得幸福不及她们一半。

世界上有那么多的"纸片人"，怀一颗天蚕丝围护的心脏，人世茫茫，把自己开成最漂亮的希望。

上帝眼中最甜的果子

朋友来吃饭。既是朋友，自然偏心，觉得我怎么也得是一只振翅十万里的大鹏，为什么没人给我提供那么阔大的天空。言下之意，怀才不遇。

我说你可千万千万，不许说我怀才不遇。

那是跟自个儿过不去。

怀才不遇是咒语，可以开启人内心最深处的恐惧。

恐惧被遗忘，恐惧被轻视，恐惧有才不得展，有志不得伸，恐惧英雄本当疆场死，却在床榻了一生。最害怕的东西却最会祸害你，所谓"风刀霜剑严相逼"。其实黛玉小姐身边何尝真有风如刀霜如刀将她碎剐凌迟？一切不过是心中的恐惧。

所以所有神圣的经典都有一个很清楚的训诫：勿惧。

陶渊明死了那么久，才一点一点显露出他的价值，像淹在光阴里的白石。他不当官，回家种地，别人既不觉得他是"不遇"的圣人，他也觉得自己只是一个爱诗酒的傻子。脑子里既没有"遇"与"不遇"这回事，所以他的诗里找不到恐惧以及愤怨的情绪，活着听从自己的心声，死也死得安详平静。

看了唐朝马戴一首诗："灞原风雨定，晚见雁行频。落叶他乡树，寒灯独夜人。空原白露滴，孤壁野僧邻。寄卧郊扉久，何年致此身？"为求致身，孜孜于心，可若真有那么一年"致"了你的"身"，你又能怎样?《借月山房丛抄》中收有明张文麟端岩公年谱，自记其在刑部主事任内亲见会审刘瑾事。明朝大太监，九千岁，权焰倾天，一朝被拿，跣剥反接，杖责四十。"瑾垂头片时不语，少顷则张目四顾云：满朝大小官员都是我起用的。"便有蔡驸马开口，说朝廷用人如何是你起用的，"掌嘴！""掌讫十下。"这样的"遇"，剑柄操在人家手里，高兴的时候人家看你杀人，不高兴便可以倒过来杀你。

所以庄子聪明，拼其一生，追求的无非是两个字"不遇"。最喜欢他写的大葫芦和大树。葫芦太大，没用，怎么办？正好泛舟江湖，风浪打不翻的风流。大树太大，又太扭曲，不遇，怎么办？正好可以戳在路边，看春风秋雨，世间百态，直面灵魂，不夭斧斤。

其实庄子也不是"不遇"，不过他的"遇"是和自己"相遇"，然后把命运的剑柄握在自己手里，哪怕剑插回鞘，挂在墙壁，夜里有呛呛龙吟，响的也不是哀音，而是对生命的最高礼赞，上达天听。

在读《与神对话》，书里的神非常冷酷地对人说："你不会得到你所求的，你也无法拥有任何你想要的（want）的东西。这是因为要求本身就是欠缺的一种声明，在你说你想要一个东西时，只会在你的现实中形成那个'缺乏'（wanting）的经验。因此，正确的祈祷永远不是恳求的祈祷，而是感恩的祷告。"

这个神真聪明。他告诉人不许向我祈求你所缺的，要向我感恩你所得的。抱怨所缺，必心生怨怼，感恩所得，才能心生感激。地狱不在死后，地狱就在今生。天堂也不在死后，天堂也在今生。若觉怀才不遇，必定生活在地狱。只有当了自己的主人，才能将咒语打破，逃出生天。

人怀才如同树结果子，被人吃的甜果就算是遇明主，成贤才啦，酸果子高挂枝头，没来由一阵自卑。其实不必。人不吃，上帝吃。你看霍金，都快给他咬成果核了，那么一个嘴歪、眼斜、抽鸡爪疯、坐轮椅的瘫子，分明在他那里是最甜、最美的果子。

生命本就不是悲剧，每时每刻都有幸运如光，行走在黑暗的渊面。看似怀才不遇的人，未必遇的不是上帝。塞林格在《麦田守望者》里说："成熟的人可以为了崇高的理想而卑微地活着。"这样的人，高尚、有理想，卑微，又不抱怨，最幸运，因为必定继和自己相遇之后，成为上帝眼中最甜的果子。

没有高学历，得有真功夫

孙建勇

17岁进工厂当工人，20岁当上车间主任，1年带团队创造亿元产值，自己月薪超过2万元，24岁当上厂长。

——这是媒体报道张健的事迹时，特意选择的一组数字。

2007年6月，对于17岁的张健来说，无疑是晦暗而痛苦的，在决定人生未来走向的高考中，他不幸落榜。不过，经历短暂的情绪低落期后，他没有像很多同学那样选择复读，而是决定另觅它途，去实现人生理想。

有一天，张健从广播里听到一则招聘信息，得知武汉东湖开发区某电气集团正在招收员工。第二天一大早，他辞别父母，背着行李包，孤身一人搭乘早班车从枣阳到武汉，应聘成为生产线上的一名普通操作工。

生产线上的装配工作千篇一律，枯燥而单调，很容易让人麻木和疲劳。但是，张健忍受着，坚持着，每当快要坚持不住时，他就问自己："除了肯流汗、肯吃苦，我还有什么优势？如果再不踏实干，以后还有什么希望！"在这样的自我拷问中，他变得越来越坚强，越来越踏实，越来越能吃苦。

作为新手，起初张健的计件工资每月不到1000元。为了多挣钱，他决心成为一名技术过硬的熟练工。有段时间，他每天缠着老师傅虚心请教，白班师傅下班了，他就跟着夜班师傅，一干就干到转点，目的就是多练练手。除了主动拜师学艺，他还从工厂图书馆里找来电气图集，结合实物进行钻研，将实践和理论联系起来。在刚进厂的头两年里，他几乎没有休息日，所有业余时间，他要么在加班，要么在图书馆。功夫不负有心人，经过两年多的磨炼，张健的手艺终于被同事们公认为"最棒"，经他装配的电气设备，堪称"艺术品"——每个设备的几百根电线，根根都条理分明，排列整齐。很多具有丰富经验的老师傅都对他的手艺赞不绝口，送给他一个外号：电气美容师。

2010年1月，刚满20岁的张健凭借娴熟的手艺、好学的精神和吃苦耐劳的作风，在公司四车间主任一职的竞聘中脱颖而出，成功当选为50多名工人的领导。在这些工人中，既有工作了几十年的老工人，也有不少大学生，但是，他们都对张健这个二十出头的小伙子心服口服。大家的信条很简单，谁的技术好，肯流汗，就认可谁。

张健也不负众望，当上车间主任后，几乎24小时泡在车间里，每个工序都一跟到底。在他眼里，装配一个设备就像创造一个"新生命"，设备的所有元器件就像人的五脏六腑，几百根电线就像人的血管连接着各个器官，连接电线时，如果出现任何差错，那么这个"新生命"就会先天不足。所以，他不容许工人有丝毫马虎，也不允许任何一个不合格产品下线。

就这样，在张健的带领下，他们四车间创造的产值年年攀高，2013年甚至创造了年产值1.3亿元的纪录，四车间也因此荣获武汉市总工会授予的"工人先锋号"称号。四车间的人平均月薪比其他车间高出1000多元。张健自己的月薪也突破万元，最高时拿到过2万多元。2014年"五一"前夕，新的喜讯再度传来，24岁的张健被集团公司任命为第三工厂厂长。

从生产线上的学徒工到一厂之长，从月薪不足千元到月收入近两万元，很多人恐怕要用十几年甚至几十年的时间才能实现，但是，张健只用了短短七年时间。很多人都对张健羡慕不已，他则坦然地说："上大学可以用知识改变命运，但我没机会走这条路，所以我决定用汗水改变命运。我相信，这条路只要肯付出，就一定能够走通。"

张健的经历再一次生动证明，在当今这个竞争激烈的社会里，拥有过硬的真本领就是人生最大的优势，它甚至比拥有所谓的高学历更能给人以底气。

"边缘人"的 "边缘"人生

瘦尽灯花

让我想想，我的"边缘人"生活，是从什么时候开始的呢？

我原本是一个很不错的老师，既敬业，又负责。可是，事实上，在我拼命工作的时候，我的学校就已经是一所"边缘"学校了。

我所就职的这所职业中学，早在七年前就已经风雨飘摇——这是社会大气候造成的，学生都热衷于考大学，不肯学技术，觉得好像很低等似的，于是造成我们的学校生源不够，别的学校的老师一个人带一百多个学生，很辛苦，而我们却一个人只带几个学生，简直就是"教授"级待遇。上课时，我们不用站在讲台上辛苦地说啊说，只要把课桌围成一圈，然后往中间一坐，就可以轻松授课了。

后来，学校险些支撑不下去，干脆把我们像放鹰一样撒出去，这儿借调两个，那儿借调两个，到别的单位混口饭吃。

我和其他几位同事一块儿被借调到本地一所重点高中，在这里成了"边缘人"。本校的老师看不起我们，说话都是冷冰冰，哪怕我们整天累得晕头转向，也没办法和人家平起平坐。尤其是我们的年级主任，一个年轻漂亮的女人，更为高傲，逢到我们想在办公室里偶尔放松一下，玩玩电脑，她进得门来，横扫一眼我们这些牛鬼蛇神，然后把门大力一关，"咚"然一声，四座皆惊，吓得我们赶紧敛手缩脚，继续工作。

大约就是从那个时候起，我逃来逃去，都再也没能逃开这种"边缘人"的生活。

哪怕是学校光景变好，我们重回"娘家"，而且有一段时间我还重任在肩，天下成了我的天下，江山成了我的江山，但是，当这段亢奋期过后，我的嗓子因为疲劳过度，终于失声，于是，在自己的"家"里，我再次成了边缘人。

从2001年到2004年，整整三年，我这个挑大梁的语文教师，"沦落"到在图书室当辅助工，帮别的老师找书，填借书卡，听别的老师一边大声谈笑，一边慨叹现在的学生多么难教。我想说话，嗓子里却像卡着一个带刺的铁核桃，一开口整个胸部都疼得火烧火燎。在老同事这里，我还能获得适度的尊敬，但是新来的年轻同事们眼里，我就是一个透明人。我把他们要借的书条写好，他们抱上就走，根本不会看上我一眼。有一次，我在前边走，听见后边两个年轻老师悄悄议论：

"你看，管图书室的那个人。"

"嗯，怎么了？"

"你说，她是不是一个哑巴？"

"……"

我低着头，不说话。

那段时间，我写呀，写呀。我是把手中的笔，当成我的嘴巴。当我用笔挖开一条小路，有了一点小小的知名度，又被我们本地检察院借调过去——原来，我最初不得已为之，后来又极钟爱的写作，不过是把我从一种边缘人的生涯，切换到另一种边缘人的生涯。

在这里，所有的人都是穿检服的，只有我不是。这里领导很好，同事们也很好，但是，领导不是我的"亲"领导，同事不是我的"亲"同事，这里的漂亮、优雅、干净、威严的环境，包括这里的一草一木，都和我有缘分，却都不属于我自己——我是一个边缘人。

有一次，和检察院的同志们一起搞活动，"送法下乡"，摄影师需要录下同志们给村民下发宣传资料的镜头。我们的主任着检服，吃力地抱着一大摞资料，面前围一群人，个个伸手想要。我看她太累，想伸手过去帮忙，没想到她身子一扭，避开我伸过来的胳膊，转过身招呼另一个小同志："你来，帮我发一下。"我才回过神来：原来，着便装的我，根本没有代表检察官形象的资格……

那一刻，我恨不得抽自己一个嘴巴，"烦恼皆因强出头"，谁也不怪，要怪，也只能怪自己是个"边缘人"。

而且，要命的是，就连我的写作也处于"边缘"状态。昨天，我们本地一份党报的总编跟我商量一件事，问我能否在这份报纸上开一个专栏，写一些主流文字。我才发现，他们给我出了好大一个难题。我的写作虽然以散文为主，但却基本上和主流没有什么关系。我的笔下，淡化了一切我不想关心和关心不起的东西，包括政策和政治，包括一些主流的人和事。我的目光更远地投向过去，所写的最主流的东西也不过是人间情爱，但是，就连这种笔触背后的情绪，也是非主流的灰色和消极。我更关心的是一些边缘的题材和情绪，更愿意揭开体面生活的盖子，露出里面残旧的里子。说实话，我并不想"劈腿"，但却整天脚踩两只船，活在阴阳两界。恬淡平和的笑容背后，掩藏着不为人知的忧急。

其实，每个边缘人都有自己的忧急吧。几乎每个单位都会因为特殊需要雇用一些临时工，除去扫地抹桌掏厕所的不算，还有和我一样摇笔杆子的。有一个单位的临时工，是我们当地颇有些名气的诗人，但是很奇怪，他有一个很不好的毛病，就是长于抄袭，就连名家的东西他都敢堂而皇之地弄上去。他的抄袭危害范围极小，只发在我们本地一家报纸，而且没有稿费，不知道他图的是什么。好多人对他不理解，可是，我觉得他或许有这个意思：这是本地唯一的机关报，领导的桌子上每天一份。他这样做，也许是想给领导加深一下印象，将来，好解决自己的工作问题。

有一天，另一个单位的笔杆子，也是临时工，来我单位。他当边缘人已经十年，到现在还没修成正果。他问我："你有没有烦恼？"

我莫名其妙。

他叹口气："唉，十年了！我的苦恼，说了你也不会理解。"

我看着他笑：同是天涯边缘客，个中滋味，我怎么可能不理解？只是，当"边缘"成为一种常态，我们唯一的任务，就是不轻易言弃，努力把我们的"边缘人生"过得很圆满。

未识绮罗香

许冬林

依稀是16岁，骑着父亲的前面横有大杠的自行车，去江边的长街，只为了看一件白色的裙子。一路上，柳枝拂拂，蝉鸣如沸，也顾不得停下来歇息。到得长街，寻一处无人的街角，将一脸的汗水擦掉，理理衣衫，按一按砰砰的心跳。然后，故作平静而悠闲地逛街，装作不期而遇了那件白裙子。

那是一件白色半身裙，若上身，应该长及脚踝。我是一次和堂姐上街买学习用品，偶然看见，它挂在一家服装店的正面墙上，位置已经显示了它的不同寻常。白裙子像是用上等白丝纱做的，裙摆镶有一圈蕾丝，若能穿上，我想我顷刻间会变成一个幸福甜美的公主。我眼热心热，也不敢向卖衣服的人提出要拿下来试试，只怯怯问她多少钱。25块，最低也要22块，低于这价就不要问了！卖衣服的女人瞟了我一眼，看我是个孩子，想也是口袋空空，爱理不理地简单应付，大约与我还价的心都没有。我彼时只有十二三块，还差了一大截，不敢再问，目光被粘在裙子上，迟迟不舍得走。

心里想着回家好好攒钱，也许到下个星期，那裙子的价格会再跌下一截来。攒了六七天，私房钱没涨，再去看裙子，裙子也没跌价。日暮时分，一个人在人影稀稀的长街上，满怀怅惘地推车回家。我心里知道，那个夏天，我是买不起它了。她是为有钱人家的女儿而准备的。那就看看吧，只要那件裙子还没被卖掉，我就可以来看她。跑过了好几趟，怕店家认出自己来，再去，我便推着高大笨重的老式自行车，从店前缓缓走过，转过头，看它高挂在店堂上方。来一趟，去一趟，我至少可以看两次。回家伏在桌子上看书，只觉得有一件白白的裙子在远方飘拂……一个夏天，就那么因为一件裙子而寂然薄凉起来。

有一次，听蔡琴的歌《未识绮罗香》，那种淡淡的忧伤、浅浅的委屈以及一种隐约的漂泊感，绵绵渺渺覆盖了我一个午后的光阴。歌声里，不觉想起这桩少年时候的事。这首歌曲出自唐诗《贫女》，作者是秦韬玉。

蓬门未识绮罗香，拟托良媒益自伤。
谁爱风流高格调，共怜时世俭梳妆。
敢将十指夸针巧，不把双眉斗画长。
苦恨年年压金线，为他人作嫁衣裳。

听着蔡琴的歌，读着古诗里贫女的幽怨心声，想着自己的少年时光，素淡单薄的未识绮罗香的时光。一时间，感慨万端。其实，何止绮罗香未识，还有钢琴未碰过，芭蕾舞未跳过，大剧院里的歌剧未现场欣赏过……人在时光的低处，在世界的低处。想起来，舌尖依然有微微的苦涩泛起。

有一次出门旅游，坐在身边的女友是城里长大的孩子，我们说起彼此的童年，说完，我忽然心底无限欢悦感动。我忽然庆幸自己有一个乡村长大的童年，感谢上苍安排一件在我少年时候出现的却没有买起的白裙子，感谢那些曾经的失落、苦涩、怅然……她在城里的少时岁月，有幼儿园，有大工厂，有《唐诗三百首》……我呢，未识绮罗香，却识得了草木香，识得花香泥也香。夏日里爬到桑树上摘桑葚吃，雨后在门前撒凤仙花的种子，花开时揉取花汁染指甲。踏着露水珠子在田埂上放鹅，鹅长得好快，心里沉沉揣满欢喜，因为卖掉鹅，开学的学费以及平时的零花都有了保障。清晨田野上的大喇叭上在播放黄梅戏，自己跟着哼唱，《谁料皇榜中状元》《到底人间欢乐多》……许多黄梅戏唱段都是那时学会。

如今，我一个月的收入够买好几件绮罗的衣裳，家中衣橱里也挂满长长短短的白色裙子，回忆往事，苦涩之中，再咀嚼一番，竟有深深浅浅的芬芳和甜蜜。是啊，那时未识绮罗香，如今却从中体悟到了岁月长岁月香。

我想，人生的开场大抵有两种。一种是晴空丽日里开始就站在高处，端的是看尽风光，后面却是漫长的下山的路，越走越暗，越走越低。我们当然欣赏另一种，人生之初是山谷浓荫里一条涓涓清瘦的细流，道路蜿蜒险窄，但只要笃定地走，就能走出深林，走向平原与大河。人生越走越阔。

给生活一张漂亮的脸

诗路花雨

她们是我的亲人。

第一个女人天生丽质。据说小时候她曾被抱上戏台，扮秦香莲的女儿。待化上妆，个个啧啧称叹："这丫头，长大准是个美人！"果然，她越大越漂亮，柳叶眉杏核眼，樱桃小口一点点，往那儿一站，倾倒一片。可惜父母早丧，哥嫂做主把她嫁给一个老实巴交的农民。她自叹命苦，常常蓬头坐在炕头，骂天骂地，骂猪骂鸡，骂丈夫儿女，然后睡在炕上哼哼——她把自己气得胃痛。

一切都让她心灰意懒，她的最大爱好就是算命。我还记得她一边拉着风箱升火做饭，一边把两根竹筷圆头相对，一端抵在风箱板上，一端用三个指头捏定，嘴里念念有词。眼看着筷子朝上拱，或者朝下弯，"啪"地折断，吓我一跳。问她在干什么，她说算算什么时候咱们才能过上好光景，穿新衣，吃好饭……

所以她的心情基本有两种，不是发怒就是发愁，发怒的时候两只眼睛使劲儿往大睁，发愁的时候两个大疙瘩攒在眉心。

第二个女人和第一个正相反，年轻时绝不能说漂亮。我见过她17岁时的照片，黑黑的皮肤，瘦骨嶙峋，看不出一点儿美丽。当时家境贫困，父亲卧病，她是长女，早早就挑起生活的大梁，饱受辛苦和磨难。

后来她也嫁给一个农民，穷得叮当响，连栖身之处也没有，无奈借住在娘家，东挪西借盖起几间遮风挡雨的房子。结果没住满三年，顶棚和墙壁还白得耀眼，弟媳妇前脚娶进来，后脚就把他们踢出门。

两口子只能再次筹钱盖房。旧债未还，新债又添，不得不咬着牙打拼。丈夫在外边跑供销，四季不着家，家里十几亩农田不舍得扔，女人就在当民办老师之余，一个人锄草浇地，割麦扬场，给棉花修尖打杈。七月流火，烈焰一般的太阳烘烤大地，她放了学就往大田里赶，一头扎进去，头也顾不上抬，汗水滴滴答答流下来。两个孩子，一个7岁，一个5岁——负责做饭：合力把一口锅抬起来放到火口上，水开了放把米，煮一会儿，生熟都不知道，再合力抬下来。时间到了，女人草草回家吃一碗没油没盐的饭，接着往学校赶。

终于又盖起一处体体面面的新房，大跨度，大玻璃窗。她就和儿子开玩笑："小子，以后这房子给你娶媳妇，要不要？"儿子心有余悸："妈，人家会不会再把咱们赶出来？"她眼一瞪："敢！这是咱家的地盘！"没想到人算不如天算，新房子压住了规划线，立时三刻又要拆迁。她哭都没力气了，一个字：拆！往后倒退三米，一咬牙：再盖！

拆拆盖盖中，转眼十几年。这样苦，这样难，也不怨天尤人，整天笑笑的，最爱说的一句话是："哭也是一天，笑也是一天，为什么不高高兴兴过日子呢？"

如今她一家子都搬离农村，进了城。她也老了，反而比年轻时好看：脸上平展，不见皱纹，就眼角几条有限的鱼尾纹，还统统像猫胡子一样往上翘，搞得她不笑也像在笑，让人亲近。

这两个女人，一个是我母亲，一个是我婆婆。

当有一天她们亲亲密密坐在一起，才发现岁月分别给予了她们什么：我婆婆是一张笑脸，我母亲是一张哭脸。母亲的一生虽然风平浪静，但是总不满意，不快乐，一张脸苍老疲惫，皱纹纵横交错，仿佛哭过似的；婆婆的一生跌宕起伏，但因凡事都乐观，宽大的心胸让她越老越添风韵，成了一个魅力十足的漂亮老人——这个发现让我触目惊心。

从这两张脸上，我见识了什么是时间的刀光剑影，也明白了什么叫真正的"相由心生"。

生活就是这样一种东西：你用笑脸对它，它就还给你一张恒久温暖的笑脸；你用哭脸对它，它就会把这副哭脸毫不客气地贴回到你脸上。对一个女人而言，把美丽留在脸上是一项艰巨的工程。多少人热中于护肤和美容，却忽略了心灵的力量。

所以，就算再艰难，为了自己的美丽人生，还是要一边痛着，一边笑着，还给生活一张漂亮的脸。

书名号

许冬林

但凡一个汉字，一旦被收进了书名号里，便如登圣坛，不由人对那汉字生了敬重心。

同样，再素朴的姓名，一旦追溯出书香门第，也就倏然散射出一层异样的光芒。

还记得，当年读小学，小学校长的家便被我们尊为神圣的书香之家。小学校长家有个女儿，在我们眼里，她自然算得上好出身了，那叫生长于书香门第。

书香门第多好啊！即使我们家和校长家一样，菜园里都有西红柿和丝瓜，过端午都会吃粽子，过年都会杀掉大黑猪，但我们家到底不是书香之家。每念及此，就觉得一颗心就要低到尘埃里，但是开不出花来。于是，看校长家的女儿，和我们几乎同龄的那个女孩，那个出身书香门第的女孩，就有了隔岸的味道。

隔岸地关注她。她夏天不穿漂亮的白裙子，而是穿长衣长裤，在我们眼里，仿佛那是她使命在身，必要中性打扮，才担得起那使命。她上中学了，会打听她成绩好不好；她中学毕业了，会追问她考到哪里去了。她嫁了什么人？做着什么样的工作？还漂亮不漂亮？幸福不幸福？

"孤帆远影碧空尽，唯见长江天际流。"关注一个出身书香之家的女孩，大抵就像这样，身边的人都几乎忘记了她，时空里已经没有了她的影子与己交集，是孤帆早已远去，只剩滔滔的时间流水，可是我还痴痴地站在时间的岸边遥望追寻。这样的关注，其实是仰望了。不过是一个普通的女孩，只因为出身稍微不同而已。所以，与其说是仰望一个女孩，不如说是在仰望书香，仰望文化。因为那时，他们家比我们家更有文化。

成年以后，偶尔想起童年少年时的那些小心思，咀嚼起来，依然有一种妙处和生动。也自此，总喜与书亲近，与所有有文化内涵的物事亲近。

一次，与朋友聊天，朋友跟我描述他的书房种种，心里暗暗向往。后来，去朋友所在的城市，抽空登门拜访，只为了看他的书房。果然是个大书房，靠墙一面，是巍巍耸立的几大排木褐色书橱，书橱里自然填满了书。书橱正对面，一张辽阔大书桌，上面笔墨纸砚贞静芬芳得好似大观园里的闺秀们。我坐在他的书房里，和他喝茶闲聊，聊阅读，聊写字，也聊我们从前的老时光，在乡下成长的少年时光。渡船，落日，青草，露水……还有借书还书的美妙经历。

我没有朋友那么大的书房，但是，在我的家里，床头是书，沙发上是书，茶几和饭桌上也是书，就连地板上也是书籍横卧……夏日，身着棉质长裙，赤脚慵懒地走在地板上，裙摆拂过脚踝，也拂过这些高高低低的书们，心里有坐拥天下粮仓的自得和美意。叹：哪里需要仰望小学校长家，这里就是书香之室啊，一低头，一拈页，我的世界浩渺无疆。

我有我的出身，我有我的门第，不仰望他人，也不追问先祖，我做我自己的书香门第里开国拓荒的君王。

当我在电脑上敲出一个书名号时，我忽然觉得它很像篱笆，旧时乡下人家用瘦竹交错插栽围起来的篱笆。篱笆里面，是端庄的一户人家。阅读不是装潢，是给自己安插一截篱笆，隔开外在的混沌与喧嚣，一个人也就自成国度了。

过这样有书卷气的日子，就像一个汉字住进了书名号里。自视，这样的日子也是端庄，也值得敬重和仰望。

为奔跑的人生找个出口

骆青云

他出生台北市一个普通的工人家庭，自从他来到这个世界的第一天起，不幸也就一直伴随着他。他2岁时，别家的同龄孩子已经能围着母亲满屋子跑了，他却只能望而兴叹。3岁时，别家的孩子揣着零食满大街跑了，他却只能终日与药为伍。

幼小的孩子，哪想受这种煎熬，他不能理解，也无法接受，父母为了劝他喝药，想尽了千方万法，到最后干脆撬开嘴灌。

因为患小儿麻痹症的原因，他喝了整整四年药，直到7岁，父亲凑齐了医药费，才带他到马偕医院接受手术矫治。等他能拄着拐杖走路了，母亲便带他来到日月潭。第一次走出户外，他拼命地呼吸着清新的空气，一脸的兴奋。母亲帮他拿出了画笔，这已经是他这几年最大的爱好了。不出数分钟，他就画好了一幅画，交给母亲，他说这辈子他的最大理想就是能做一名画家，用自己的笔，抒写快意人生。母亲摸摸他的头，笑了。

8岁，他开始读小学，他紧记着在日月潭许下的诺言，努力地读书。本来对他充满歧视和嘲笑的孩子们，也都被他顽强的毅力给征服了，他顺理成章地成了学校有名的人气之星。十岁，他代表学校参加台北市少年美术大赛，一举获得一等奖，接下来又是作文大赛一等奖，朗诵大赛一等奖……他的身上积攒着太多的荣誉，正如他自己所说的那样："因为幼年的时候受过太多的苦，现在的我才学会了爱和珍惜。"

从少年到青年，轮椅上的他一直是以微笑接纳着一切新鲜事物，他的这种宽容和乐观精神不断感染着从各地涌来的一批又一批的新朋友。

22岁时，他从台北工专毕业，进入工程公司工作，看着这么一个连路都走不稳的人，老板犹豫了。但是他们很快发现，别人能做的，他也能做，而且比别人做得更好、更优秀，他在工作上全力以赴、锲而不舍的精神，让老总对这位身残志坚的年轻人颇为欣赏，破例提出给他加五成的工资，但被他委婉拒绝了。

因为身体不便，因为不习惯公司打卡上班的制度，一年后他转入了一家广告公司，负责开展广告探险活动，因策划了一系列成功的案子，他被视为广告界最耀眼的一颗新星，但他不久后就离开了成绩斐然的广告界，开始进军娱乐界，不久后父亲病故，对他的打击非常大。沉寂了一段后，他留着泪对记者说："如果命运是无法改变的，就像父亲的死，就像我注定是歌手……那么，不论我用泪水或笑容，我都得接受。"一年后，他就推出了自己的第八张专辑《烟斗阿兄》。

是的，他就是90年代台湾最具影响力的歌手之一，著名歌手郑智化。1999年，在艺术上达到最鼎盛时期的他，突然宣布退出歌坛，进军IT行业。很多人为此不解，他却笑着说："母亲从小就叮嘱我，因为你身有残疾，要想成功，就必须时刻跑在别人的前面。这些年，我一路坚持走来，并且不停地选择在最辉煌的时候变换角色，无非是在为奔跑的人生找个出口。"

第二辑

挑起重担，才证明坚强

总有人会问："为什么我的命这么苦？"

　　而事实上，有的人腿瘸了，有的人病瘫在床，有的人毁容，有的人贫穷，有的人是精神病，有的人屡受打击，生命晦暗不见曙光，而这些最艰苦的生命时光，可能是生命进步的显示，因为克服难关与障碍会加速灵魂的成长。挑起这种重担，你很坚强。好比只有好猎手才能猎狮虎，好渡手才能渡大江。

没有一棵树是丑的

金明春

　　小时候，她很自卑。他经常问妈妈，我怎么长成这个样子啊？

　　每当这时妈妈都很痛苦，妈妈只是长长叹息一声，妈妈无法向她解释。

　　她的腿有残疾，这让她总是感觉自己不如别的孩子，自己很丑，为此，她常常流泪。

　　再长大一点，她更注重自己的形象了，于是，也便更为自己的身体缺陷而痛苦了。

　　一天，舅舅来了。舅舅看见外甥女长高了、长大了，很高兴，但看到外甥女愁眉苦脸的，心生疑问，小女孩的妈妈告诉了他实情。

　　舅舅沉默了许久，打开电脑，打开了一些树木的照片。

　　屏幕上出现一片绿意葱葱的松树，"好看吗？"他问小女孩。

　　小女孩看到这些蓬勃着生命力的树木，说："真好看！"

　　屏幕上出现一片挺拔的杨树，"好看吗？"他问小女孩。

　　小女孩看到这些树木，说："好看！"

　　屏幕上出现枝干又干又皱的树木，风雪中枝头绽放着美丽的梅花，"好看吗？"他问小女孩。

小女孩看到这些美丽的梅花，说："真好看！真漂亮！"

屏幕上出现一片沙漠胡杨，胡杨干枯的枝干，叶子在阳光下黄黄的，像镀了一层金。那是一种沧桑的美，小女孩说不出那是一种怎样的美，但她被这美震撼了。她惊叹道："太美了！"

舅舅说："你看，没有哪一棵树是丑的，每一棵树都是美的。人也是一样，每一个人都是独一无二的，每一个人都有其美的一面，鲜活的生命，有着一种生动的美，即使有些缺陷，但在生命壮美的前提下，那又算得了什么？"

小女孩明白了。

她记住了，没有一棵树是丑的。

从此，她不再为自己的缺陷而忧愁，她开始为自己的蓬勃的生命而欢欣鼓舞，她积极乐观，脸上洋溢着少女幸福的笑容。

每一棵植物都是美丽的。

上天在为你关上一道门的时候，同时又为你打开一扇窗。

当你的相貌或生理被上天忽视时，上天会为你在其他方面给予加倍补偿。

别为你的长相一般而苦恼，别为你的生理缺陷而自暴自弃。

他小时候是一个脆弱胆小的学生，在学校课堂里总显露一种惊惧的表情。如果被喊起来背诵，立即会双腿发抖，嘴唇也颤动不已，回答起来，含含糊糊，吞吞吐吐，然后颓然地坐下来。由于牙齿的暴露，难堪的境地使他更没有一个好的面孔。他回避同学间的任何活动，不喜欢交朋友，成为一个只知自怜的人！后来，他认为只有清楚自己身体上的种种缺陷，认为自己是勇敢、强壮或好看的，用行动来证明自己，才可以克服先天的障碍而得到成功。凡是他能克服的缺点他便克服，不能克服的他便加以利用。通过演讲，他学会了如何利用一种假声，掩饰他那无人不知的暴牙。虽然他的演讲中并不具有任何惊人之处，但他不因自己的声音和姿态而遭失败。

　　他没有洪亮的声音或是威重的姿态，他也不像有些人那样具有惊人的辞令，然而在当时，他却是最有力量的演说家之一。他就是美国总统罗斯福。由于没有在缺陷面前退缩和消沉，而是充分、全面地认识自己，在意识到自我缺陷的同时，能正确地评价自己，在顽强之中抗争。不因缺憾而气馁，甚至将它加以利用，变为资本，变为扶梯而登上名誉巅峰。在晚年，已经很少有人知道他曾有严重的缺憾。

　　曾长期担任菲律宾外长的罗慕洛穿上鞋时身高只有1.63米。他曾为自己的身材而自惭形秽。年轻时，也穿过高跟鞋，但这种方法终令他不舒服，精神上的不舒服。他感到自欺欺人，于是便把它扔了。1945年，联合国创立会议在旧金山举行。罗慕洛以无足轻重的菲律宾代表团团长身份，应邀发表演说。讲台差不多和他一般高。等大家静下来，罗慕洛庄严地说出一句："我们就把这个会场当作最后的战场吧。"这时，全场登时寂然，接着爆发出一阵掌声。最后，他以"维护尊严、言辞和思想比枪炮更有力量……唯一牢不可破的防线是互助互谅的防线"结束演讲时，全场响起了暴风雨般的掌声。后来，他分析道：如果大个子说这番话，听众可能客客气气地鼓一下掌，但菲律宾那时离独立还有一年，自己又是矮子，由他来说，就有意想不到的效果，从那天起，小小的菲律宾在联合国中就被各国当作资格十足的国家了。罗慕洛认为矮子比高个子有着天赋的优势。矮子起初总被人轻视，后来，有了表现，别人就觉得出乎意料，不由得佩服起来，在人们的心目中，成就就格外出色，以致平常的事一经他手，就似乎成了石破天惊之举。所以，他说："但愿我生生世世都做矮子。"

任何一个生命都是一部伟大的著作，每一个生命都有着自己独特的天赋以及不可估量的潜能……

地下的根也许是丑陋的，枝干也许是丑陋的，叶子也许是丑陋的，但它开出的花是美丽的。

其实，每一棵植物都是美丽的。

丑陋的花枝也能开出美丽的花，丑陋的花枝也能结出甜蜜的果实。

其实，每一个生命都是鲜活的。

每个生命都能成为奇迹

一季缤纷

　　网上认识一位脑瘫女孩儿，那是一个极其健谈且又急于倾诉幸福的女孩儿，刚加上好友就和我聊起了关于她自己的一切。

　　原来，她是先天性脑瘫，导致左眼歪斜，口齿不清，且30年的光阴都不得不在轮椅上度过。平日里，她连最起码的生活都无法自理，但她是个不甘向命运低头的女孩儿，她渴望自己能像所有的健全女孩儿那样，拥有一份神话般的完美爱情，总期待着有一个令她心仪的白马王子为她翩翩而来，不嫌弃的她身体缺陷，能够读懂她的内心，并给她披上洁白的婚纱，让她做一个最美新娘，而后两个人携手一生，恩爱到老。然而，她的愿望却遭到了父母的强烈反对，在父母看来，像她这样的状况，最好还是不结婚的好，免得以后被夫家嫌弃，再遭爱情遗弃，与其那样，不如防患于未然，干脆孤独终老。父母的看法让她无法认同，更不能接受，她自认为除了身体上的缺陷，她和普通人没什么不同，她跟所有的健全女孩儿一样向往爱情，渴望爱情，期待着有一个男孩子对她一见倾心，或者是日久生情，而后与她一起缔造爱情神话。所以，尽管父母百般阻挠，她却从未放弃对爱情的执着向往，现实中无法寻找，她就梦想着能够在网络上偶遇一份她期盼的绝美爱情。而这样的一份爱情真的就让她遇到了，男孩儿也是个身体有残缺的人，但也和她一样渴望着生命中会出现一份真爱，共同的愿望让他们彼此心生怜惜，并逐渐产生爱的火花。网聊越久，他们越觉得对方就是自己渴盼的爱情，于是他们爱得轰轰烈烈，也最终冲破重重阻力走到了一起。婚后的他们过得很是幸福，因为他们都很珍惜这份来之不易的感情，所以比正常人婚姻里有了更多的理解和包容。最后她说："每一个生命都有追求爱情的权利，因为身体，我的生命已有了残缺，所以更需要一份爱情来完美。"

同样也是一位脑瘫女孩儿，虽然病魔无情地剥夺了她身体的健康，她却凭着过人的智慧考上了最好的大学，大学毕业后又攻下了文学硕士学位。她从不在人前诉说自己的奋斗史有多艰难，只是用一个个辉煌的成绩证明给别人看，她并不比任何人差！她的理想是当一名像夏洛蒂·勃朗特那样的作家，能够写出对世人有影响的名著。但她的梦想之前从没有人知道，她只允许梦想在自己心中发芽、成长，她将以百倍的信心、万分的努力去培植、去灌溉，直到梦想花开那天，她相信所有人都可以看得到，到那时，就不会有人说她不自量力，说她痴人说梦。正所谓老天不负有心人，她凭借着自己的持之以恒，最终让自己的文字在各大报纸、杂志遍地开花，甚至两年时间出版了三本个人散文集，最终被一家很有名气的图书出版主编看中，成为了出版社的一名文字编辑。

从此，白天她为别人的文字做嫁衣，晚上又会挑灯追梦，用自己灵动的思想，优美的文字，编写出一篇篇动人的文章，在追梦的道路上一路开花。很多作者都尊称她为老师，但鲜有人知道他们敬慕的编辑老师却是一个刚20多岁的年轻女孩儿，甚至还有着身体上的残疾。而她也从不把自己的故事往外说，因为她不想让别人把她当残疾人看，除了身体之外，她自认为她的思想，她的灵魂，她的追求，她的梦想，比任何人都健全，都美丽，都高大！

是啊，每一个生命都会开花，即便老天赐予我们的是苦难，但相信只要自己不放弃，你的生命就有可能是一个奇迹。

因为遇见了他们，
程建志和安德鲁

张珠容

　　王奕鸥从小就患上一种由基因缺陷导致的先天性遗传疾病——成骨不全症，也叫脆骨病。成骨不全症患者极容易骨折，一碰就"碎"，所以常被人称为"瓷娃娃"。

　　作为"瓷娃娃"这个少数群体中的一员，王奕鸥有一段时间特别沮丧、消沉。那时她想：为什么我跟大多数人都不一样？直到她遇见了程建志和安德鲁。

　　王奕鸥接触网络后，第一次在网上搜"成骨不全症"时，跳出的第一条是台湾的一个网站，名叫"玻璃娃娃关怀协会"。通过这个网站，王奕鸥和协会的秘书长程建志建立了联系。当她得知程建志也是成骨不全症患者时，最先问的就是他现在的生活状况。程建志笑呵呵地在电话里说："我在生活中是一名兽医。我的爱人是我的大学同学，然后我们有一对儿女。可惜女儿运气有点差，遗传了我的疾病。在业余时间，我会去开一开出租车。每当有一名乘客上车，我就给他们普及什么是成骨不全症……"

　　在程建志的描述里，成骨不全症仿佛只是一场简单的感冒，完全没有影响到他的正常生活。他的这种乐观态度，深深震撼了王奕鸥。之后，王奕鸥就开始关心起这个问题：大陆的成骨不全症患者都在哪儿？

她尝试建立了一个名叫"玻璃之城"的网站，结果没过多久，就有三四百成骨不全症病友在上面注册、交流。王奕鸥第一次见真实的病友是在一家医院的门口。那个病友是严重的成骨不全症患者，来自内蒙古，名叫安德鲁。安德鲁看起来就像一个两三岁的婴孩，四肢都是萎缩的，被一个阿姨抱在怀里。

安德鲁看到王奕鸥后主动打了招呼，之后就问："我帅吗？"

王奕鸥说："帅！你多大呢？"

安德鲁说："我26岁了。平时没事就在家里炒炒股，我还开了一个亲子教育学校呢。"

聊着聊着，安德鲁就笑着问王奕鸥能不能把他左边手里的手机递到右边手里。原来，因为骨折过几百次，安德鲁的身体已经严重畸形，左右手不能碰到一起。

安德鲁的生活态度再次震动了王奕鸥的内心。那时她就下定决心，要为和自己一样的病友去做点什么。

2008年5月份，王奕鸥和另一个罕见病病友黄如方合力发起了一个民间公益性组织——瓷娃娃罕见病关爱中心。这个中心致力于为脆骨病等其他罕见病群体开展关怀和救助服务，促进社会和公众对于罕见病群体的了解和尊重，消除对他们的歧视，维护该群体在医疗、教育、就业、关怀等方面的平等权益。关爱中心创办至今已近10年，王奕鸥和团队已为数百名病友提供了医疗救助。

从当初那个极易骨折、缺乏自信的女孩，到如今这个民间公益性组织的带头人，王奕鸥就像变了一个人。大家问她："是什么力量改变了你？"

王奕鸥说："我要感谢程建志和安德鲁。他们的鲜明生活态度告诉我：虽然成骨不全症影响了我的身体，但我依然拥有去追求美好生活的权利！"

我没有草原，
但我有过一匹马

凉月满天

这是一个作家的文章题目。文章内容没读过，我只见过这个人。

一个盲人。

河北省第一届散文大赛，他获一等奖，就是凭的这篇文章。一个七尺高的汉子，被搀扶着，摸摸索索上台发言，大家都看得见，就他看不见。患疾失明时，大学毕业还不到一年，如今看样貌已经四十岁。本来觉得自己三十岁失声够惨，和他一比，我觉得可以跳一段新疆舞表达被命运眷顾的幸运。

他在台上讲挣脱与突围，讲命运与苦难。这个我明白，每个人的生命都有禁制：疾患是禁制，病苦是禁制，工作是禁制，家庭是禁制，连爱情都是禁制。史铁生对一群盲童说，残疾无非是一种局限。"你们想看而不能看。我呢，想走却不能走。那么健全人呢，他们想飞但不能飞。"

一个朋友如今正处于要命的两难阶段，想换工作，又舍不得现有的待遇；不换工作，又忍受不了缓慢、沉闷的气氛。他很憔悴。他急需突围。

每个人都急需突围。

读一篇小说，一个年轻人自幼失明，隐居山谷，一日突逢变故，被迫出山，以一个目盲之人的尴尬，面对种种大千世界。他的师父亡故之前，对他反复叮嘱，说你不要出山，一定不要出山，山外的世界太纷乱。可是他毕竟出了山，见识了情天恨海，见识了肝胆相照，见识了国仇家恨，到最后，竟然又由于偶然机缘，见识了大千世界——他复明了。原来天是这样的，地是这样的，花、草、树、鸟、沙是这样的，爱人，原来你是这样的。

那一刻，他的心里鼓胀的，是对生命的满满的爱，与感恩。

而那一刻后，他却被告知，他的目疾原本不过小事一桩，他的师父不知出于什么原因不肯替他根治。他先是怔住，后来明白，师父想让他目盲隐居，躲开世间一切。就像黛玉自幼多病，和尚化她出家，父母自然不肯，和尚便叮嘱不可让她见外人，不可听见哭声，方可平安了此一生。可她毕竟仍是见了宝玉，仍是一生悲啼，于是青春夭逝，花落萎地。

可是，若是让她选，她选哪一个？

若是让你选，你又怎么选？

小说里这个青年，即面临同样的选择：是选择复明，然后游走世间，百愁千恨俱尝遍，还是仍旧保持失明，回到山谷，过平平淡淡的一天天？如果他选复明，还得要经过万针攒身的疼痛试炼。可是他却仍旧选择把身上扎满针，像个刺猬，在疼痛苦楚中，迎接太阳喷薄而出的黎明。

你看，挣脱的不是禁制，是命运；突围的不是命运，是自身。

而这篇文章的作者，却是连这样的选择也不能有。他被妻子扶着，走在参观酒厂的路上，别人看得见的路，他看不见；别人看得见的水，他看不见；别人看得见的菜色丰盛，他看不见；别人看得见的笔走游龙，他看不见；别人看得见的酒罐、酒缸、酒坛、酒瓮，他看不见。

可是他却说：我在我的生命中，发现了我的真理，这个真理只有一个字：爱。周围许许多多的人，眼目明亮，人声喧嚷，歌笑鼎沸，透过面皮可以看得见许多叫嚣的欲念，却独独于这个失去光影世界的人那里，我听到了这个字，纯净如水晶。

爱世界，爱他人，爱自己，爱命运。他凭借目盲，竟然超越心灵的最大局限。

那么，假如说，局限是自己给自己设置的呢？

假如你这样想：也许你的身体赞同完整，赞同健全，你的心智赞同完美，但是，你的心灵却渴望能够在一种不完整、不健全、不完美的境地中体验一下自己究竟会有多强大，能够走多远，于是，你的灵魂导演了这样一出出的好戏，囚禁你的身体，试炼你的心智，从而逼迫你的潜能，引导你走向最后的真理——我们不是命运的被动承受者，而是命运的创造者。我们创造了不完美，来证明我们的完美。假如这样想，你会不会好受些？

那么，每个面对苦难，陷身局限的人，都是勇敢的人，都有狮子的勇气。即使没有草原，也有自己的马，鞍辔加身，长声嘶鸣，骑上它，闯天涯，天涯尽头开满花，每个花心里都端坐着一尊佛。

这位作家说他请过许多的书法家，为他写过相同内容的八个字：目中无人，心中有佛。佛是什么？佛，就是世间最大、最明亮、最包容、最无私无欲、无怨无悔的爱啊。

桂花的芬芳

闫荣霞

　　她笑容开朗，心态阳光，看着她，没有人知道她是一个绝症病人。她的病很特殊，学名叫做"三好氏远端肌肉无力症"。我先是从王朔的小说里知道有这种病的，男主角得了这种病，刚开始只是一两束肌肉群不听指挥，后来会衍进到全身所有肌肉群都不听指挥，意识清醒，全身瘫痪，连眨下眼皮都不可能，就那样迎接死亡。

　　真惨。

　　更惨的是，全球病例只有40人，她是其中一位。她姐姐是一位，弟弟是一位，一门三绝症。

　　小时候，她动不动就跌倒，别的孩子一下子就能爬起来，她却只能把全身重量都压在手臂和膝盖上，爬到路边或墙边，然后慢慢想办法让自己沿着高处立起来，痛啊。

　　19岁那年，她、姐姐和弟弟同时发病，医生叮嘱三姐弟："赶紧做自己想做的事。"分明是下了绝症死亡判决书。姐姐崩溃大哭，想去死，她却想着怎么才能够有尊严地活下来。她说服姐姐："你连死都不怕了，为什么还会害怕活着？"既然妈妈带着姐弟仨奔波求医是无效的，她又跟妈妈说："人生有比看医生更重要的事情。"于是妈妈也被她说服了。

然后，她开始鼓起勇气，走上社会。别人坐出租汽车的时候，一迈步就能上车，她却得扭身把屁股坐到椅子上，然后用手一只一只搬起自己的脚放进车内。有一天，她遇到一个司机，看她的别扭模样，得知她是先天恶症，就告诉她，自己的太太得了肾脏萎缩，住了很久的医院，最近恐怕快不行了。而他的儿子智商不足，不能放出去乱跑，只好关在家里。小孩子不听话，他就打，打得小孩子一直哭，哭累了，就睡着了，这样他才能出门赚钱养家……

她真切地感受到，这个世界上，不幸的人真多。下车的时候，她把所有的钱都掏出来，跟司机说带太太出去走走，吃顿好的，我请客。然后，再打开车门，把脚一只一只往下挪。而司机双手紧握方向盘，低着头，浑身颤抖，眼泪落在方向盘上。

后来她才想明白，其实，司机是看到她的不幸，所以自揭疮疤，用自己比她还不幸这个事实，来笨笨地安慰她。这个世界上，善良的人比不幸的人更多。

她想，帮助弱势群体中的更弱势者，也许就是我一生的使命吧，用她自己的话来说，就是："我期盼所有老弱病残，都能不再活在恐惧与无助中。"人生有了目标，心中有了愿望，她鼓足勇气，勇往直前。她说："我们的生命不够长，不能浪费时间在愤怒、吵架、报复这种事情上面。"

现在的她不但是台湾人间卫视的新闻主播，也是弱势病患权益促进会的秘书长、罕见疾病基金会和台湾生命教育学会的代言人。2007年与台大教授结婚，2011年接受国民党征召参选，希望能提供切身经验，"以'立法'方式，为老弱病残打造可长可久的安身立命制度"。

她叫杨玉欣。照片上的她，眼神明亮，笑容灿烂，生命如桂花绽放。

读一本书，叫《2012，心灵重生》，书中提到桂花的开放方式："如果希望桂花在某段时间开花，非但不能多浇水，还得特别少浇一些，原来，当水分不够的时候，桂花树会有危机意识，怕自己还没开花就死了，就会赶紧尽力地开花！"

其实这个世界上，人人都是桂花树，只是有的花树享受的水肥过于充足，疯枝狂长，平时总是说忙呀忙呀，到最后大限临头，却发现以前那些让自己忙的事，全都是无谓的，可是也晚了：活了很久却一朵花也没有开出来。而有的人生命短如流星，却光芒耀亮天际——他们也是一棵棵神奇的桂花树，命运不赐给他们足够的水肥，他们却凭着厄运，促使自己开出鲜花，香遍天涯。

不再被人忽视的理由

春 秋

　　他是一位不幸的少年，因为身材矮小，总是被别人忽视。上小学的时候，学校开展小发明比赛，但是班级小组推荐的名单中没有他。于是他找到老师表示愿意参加比赛，老师尽管有些怀疑，但仍然答应了他。几天后，他交上了自己的作品——无尘电动黑板擦。这个作品不仅在学校获了奖，还在市里获得一等奖。

　　上中学的时候，他的身高只有1米多一点。一次，电视台、教育厅、省科协举办"青少年科技创新大赛。"他经过考虑，给电视台打去电话，擅自决定代表自己的学校报名参赛。结果，他设计的电动车防滑带获得此次大赛一等奖，为学校争得了荣誉。

　　2003年12月，联合国教科文组织决定举办一次"全球儿童文化论坛"，在全球每个国家选择一名14岁以上的青少年赴巴塞罗那参加活动。这一次，他又主动报了名，并被列为候选。然而，全国共有120名候选青少年，从中只能挑选1人。组织者把120人分为12个小组，每组选1名代表上台演讲。不幸的是，他没有被小组选上。当其他选手在台上侃侃而谈的时候，他再也坐不住了，悄悄地跟一位工作人员说："叔叔，您能不能帮我喊一下台上的主持人？"主持人走到他的身边，他小声地对主持人说："尽管没有人推选我，可我觉得我有这个能力，您给我一次机会，我会给您一份惊喜！"主持人和评委沟通以后，终于答应让他上台试一试。这一试，他成了中国唯一的入选者！

2004年3月，他接到了联合国的正式邀请。5月12日，身高只有1.2米的他，作为中国唯一的代表站在了国际论坛上。他的演讲赢得了场内持续热烈的掌声。2004年12月，法国著名儿童片"无线宝宝"制作中心专程赶到中国，为他拍摄专题片。

他的名字叫姚跃，安徽省合肥市三十八中一位16岁的残疾少年。"小不点儿"的他，在许多方面表现了不一般的"大智慧"。他获得过合肥市青少年科技创新大赛一等奖，安徽电视台"金点子行动"发明创造（青少年组）二等奖、省残疾人乒乓球赛第四名、合肥市中小学生乒乓球赛团体第一名。他专为残疾人制作的网站可以为残疾人提供免费咨询服务，英国一家残疾人基金会准备吸纳这个网站。

一个人可以被别人忽视，但决不可以自己轻视自己，从而自暴自弃，一蹶不振。只有自己尊重自己，自强不息，奋发进取，竭力把自己推到前台，就会展现人生另一番风景。这也是不再被别人忽视的理由。正如在接受西班牙国家电视台记者采访的时候，姚跃说："当你被别人忽视的时候，请记住一句话：你自己就是伯乐。"

那棵树，这个人

晓非

第一眼望见这棵树时，我心头一惊，瞬间给震撼了。

山壁上，一块三角形的岩石尖端悬挂着一棵松树。松树主干约三四米，青灰色的表皮，坑坑洼洼，伤痕累累，满是风雕雨蚀的痕迹。但体态矫健，旁逸斜出的枝丫，向天空伸展碧绿的长臂；枝丫上，一簇簇的松针翘首张望，根根气势昂昂。好像有隐秘的力量，驱动它们争先恐后地向白云奔去。远看，仿若一只振翅的大鸟，又似一个翩翩的舞者。

目光顺着树干往下移动，更会惊异，这棵松树的根部，只有一半扎进岩尖，另一半裸在空中。裸露的根部，一根根的须茎粗壮有力，它们互相缠绕，密密实实抱成一团，和岩石里的根同心共气，一同支撑着蓬勃摇荡的生命。

我敬慕地望着，品读着一个生命的传奇：曾经的一个松子，被命运扔到冰冷的绝境。松子努力发芽生根，从岩隙里寻觅一点点生机，它把根分成两部分，一部分在空中寻求水分，另一部分扎进岩层。风霜强健了它的骨骼，雪雨柔韧了它的经络……最终，不可抑制的生机喷涌而出，长出了触碰天际的翅膀。

在乡下朋友家，第一次认识张云生，我就怀疑得来的消息有误。先生和我说过，他是三汉港高中的老师，身有重疾。可眼前的他，肤色红润，音质洪亮且有磁性，凝神时，眼里一束光在闪亮。说到病情，张云生朗朗笑着，现在活的每一天都是赚来的。

几年前的一个早晨，张云生的嗓子咳出粉色的痰液，去县人民医院检查，医生郑重相告速去省城确诊。第二天，省城诊断结果为，中晚期鼻咽癌。一个掌管吐纳要塞的地方，生长出狰狞恶意，似乎总是要掐断你生命的呼吸，任谁都心生惊悚。

人过四十，见过不少死亡，他的弟弟就是在眼前离世的。这次，似乎轮到了自己。这不是出门做客，不是旅游，去了还会回来。死亡，是永远的告别。世界还在继续，你却不在这里。人死后是否有轮回，会回到这个世界，那毕竟是想象。对于罹患癌症的人，前面似乎只有一条路。把自己交给医院，那里有各种仪器、各种手术刀，农药一样毒的化疗，那是个可以让你见识但丁现代版的地狱篇。

张云生不愿被动地躺在医院，尤其是接受化疗。他担心剧毒的化疗摧毁他的免疫系统。他有自己的理论：人无法不活在病毒病菌中，人没有得病，是因为免疫系统的免疫力能战胜病毒病菌，免疫能力下降，病毒病菌才会乘虚而入耀武扬威。他说身体的免疫力相当于正能量，只要正能量上升，癌细胞就会悄无声息地被萎缩，被剿灭。正能量会被化疗伤害，也易被自己的精神击碎。住院期间，他亲见年轻力壮的小伙，精神将肉身瘫倒，目睹郁郁寡欢的病友，从高楼一跃而下。

张云生有了一个比医院更好的去处——没过多久，他办理出院手续回家了，只在规定的时间接受检查。

回家的张云生，每日读书钓鱼，陪伴家人享受天伦之乐。最为他乐道的还是钓鱼。选一处水域，下饵甩杆，静坐于小凳，放眼望去，蓝蓝的天空，朵朵白云在懒散游走，绵延的山头，染绿抹黛秀色宜人。此时张云生空明澄澈，畅快惬意，聚神于水中的红浮子，他在和水下的鱼儿较劲，意识中也在和看不见的命运博弈。

我想，一个每日和山水有约的人，心思必然简静透明，心情亦是悠然芬芳。自然中，他俨然化为一个青箬笠，绿蓑衣，斜风细雨不须归的人。那奔流不息的活力之水，也随着自然，缓缓流入他生命的深处。

几年过去了，张云生早已走上讲台，带领他的学生在数学王国里遨游。至于鼻咽癌细胞，他没有去管。或许，他身上的那些癌细胞，懂的和一个内心从容坚定的人，握手言和。

张云生于险绝之境，让生命站立住了。这是由死到生的涅槃。

生命的深处，不必同情，只予喝彩。

生命奇迹

旭 辉

那年他才十四岁，是个少年。

他正听收音机，一个声音从收音机里传了出来，说："吊死你自己，没有你世界会更好。你是个坏小孩，坏到骨子里。"

这不过是噩梦的开始。

从此，他的脑子里时时刻刻都会出现一大堆声音，命令他、诱惑他采用各种方式结束自己的生命，因为他是个废物。

他在那些声音的怂恿下藏起打火机和火柴，找到绳子，看到汽车疾驰而来就想迎着车灯冲上去。

父母拒不承认他患有精神疾病，他也强装自己一切正常。十八岁那年，他含着眼泪，和母亲、襁褓中的弟弟、慈爱的外婆告别，提着皮箱，被冷漠的父亲送往纽约，打工养活自己。

从此，他更是一个人面对着脑海里怂恿他寻死的一大堆声音，每个声音都对他的存在和生命极尽嘲弄之能事，连他的不敢求死也被毫不留情地讥讽为胆小鬼。

他每天都在进行着一个人的群魔之战，这场战争让他做不好工作，最终被解雇，又因为寻死被关进精神病院，被穿上紧身衣，受尽虐待。一次又一次，他受着脑海里声音的怂恿求死；而求生的本能一次又一次拉他脱离险境。如此辗转，整整三十二年。

一个十四岁的少年，变成了四十六岁，已经是一个肥胖、痴呆、流口水、对生活彻底无望的中年大叔，唯一不变的，是逼他寻死的那群脑海里的声音。

有的医生对他不耐烦，有的医生对他友善。有一个友善的医生建议他试一种副作用很小的新药。他相信医生，开始坚持服用，病情终于好转。而他也终于意识到，他根本不必听从脑海里的声音的命令，他完全可以凭自己的力量反抗"它们"。

当他的病情好一些，他开始做力所能及的工作，比如当厨师，甚至开始为精神病人争取投票选举的权利。

"一个人有精神疾病，和无能根本是两码事，"他说，"政府有那么多措施攸关我们的生活，为何我们这些有精神疾病的人要在政治上保持沉默？"

在他的努力下，单单纽约一州就有三万五千多名重度精神病患登记投票，他们之中大部分都是第一次行使投票权。

他太忙了，甚至没有注意到幻听程度正在下降。终于，有一天，当他坐在客厅的沙发上，猛然发现一件惊人的事实：脑子里的声音停止了。

他鼓起勇气给他的父亲再次打去电话，父母在圣诞节那天来和他一起过，可是弟弟如今已经结了婚，做了父亲，不肯来见他，怕他的精神病会传染。

不管怎样，他说："对我来说，幻听消失的那一年的圣诞节意义最深远。在那一年，我重回上帝的怀抱，并对我新家庭的每一个成员——包括我父母在内——表示感激。同时，我也知道要如何善用上帝给我的第二次机会。"

　　很多人给他打电话，倾诉他们的苦恼，他一一耐心接听。

　　他拯救了一个和他当年差不多大的少年，有一天他坐在一个大学的草坪上，看着欢快的毕业生步入会场——若是当年他能够得到适当的帮助，他也会像这群毕业生一样快乐的。然后他一眼见到这个男孩，又挺又高，面带微笑。

　　他想：这是一个奇迹。

　　是的。

　　他的生命就是一个奇迹——他就是自传式作品《声音停止的那一天》的作者，曾经的精神病患者肯恩·史迪。

　　如果每个人都肯珍惜自己的生命，无论走到怎样的黑暗、无望、无路的绝地，就是用门牙刨，也要刨出一个洞来，爬出去，外面正在等候他的，就是属于他自己的，生命奇迹。

把眼泪变成钻石

崔鹤同

　　一个女孩，1976年出生于美国的宾夕法尼亚州的艾伦敦市。父亲是从爱尔兰移民来的泥瓦匠，母亲是一个售货员。她出生时的小腿就没有长腓骨，已完全丧失了行走的功能。1岁生日那天，她被截掉了膝盖以下的小腿。女孩刚懂事时，母亲就对她说："孩子，你生来就是为了历经不平凡之事的。悲伤没用，你要把眼泪变成钻石。"

　　女孩记住了母亲的话，一扫悲悲切切的阴霾，变得活泼开朗起来，充满了挑战和冒险精神。

　　然而，那时当地的诸多工厂纷纷倒闭，一场"美国梦"被残酷的现实击得粉碎。父母不能为她提供良好的教育环境，更别提时时保护她不受外界侵害了。但是，父母却没有丝毫地娇惯她，而是教育她和其他所有孩子一样去上学。随着身体的发育，她的残肢必须进行相应的修整，为此，她总共接受了5次矫正手术。因为她长着棕色的头发，因为她跑得慢，因为人们爱拿异样的眼光看待她，所以，孩子们总拿她取笑。为了释放精神上的压力和烦恼，她就泡一个热水澡，然后就是和两个小弟弟踢球或是去骑车。为了增强体力，她每周日起床后都要做104组"醒神操"。

上大学时付不起学费，她听说国防部在乔治敦大学开设了一项国际关系奖学金后，她果断地报了名，结果成绩优异如愿以偿。而且，她还有幸结识了一名优秀的田径教练P老师。那位老师对她说的第一句话就是："嗬，强壮的小姑娘！"这给了她巨大的鼓舞，使她眼前一片光明。老师教她练跑步和跳远。

有一次她参加学校的田径赛100米跑，跑到一半，她的义肢突然掉了，她重重地摔倒了。所有的人也惊诧不已地望着她，她看了看老师，老师纹丝不动，只是挥了挥手，叫她装上义肢再跑。后来，老师对她说："人生也如赛场，停顿只有失败。"从此以后，女孩更加顽强，不屈不饶。

后来，她第一次参加全国田径赛就打破了100米跑国家纪录。这也点燃了她征战亚特兰大残奥会的渴望。果然，1996年，20岁的她，用碳纤维特制的义肢刷新了两项世界纪录：女子100米跑和跳远。尽管，她每跑一步都要花费正常人四倍的力气。她一下子成了美国人的骄傲和楷模，也激励了成千上万美国人的梦想。她受邀出席各种重大场合，为女子体育基金奔走呼号，登上各类杂志封面。

1999年，英国服装设计大师亚历山大·麦坤邀请她为服装模特。T台上，她那高高的木质义肢像双靴子一样，她又显得那样从容不迫，仪态万方，婀娜多姿，令人赞叹不已。走秀后，很多人到后台向她祝贺。

如今，她已是名扬世界的残疾模特，她叫艾米·穆林斯。

现在，艾米又荣登全球知名化妆品牌欧莱雅形象大使的宝座。有人说，艾米是一出戏，一个传奇。艾米说："真正的残疾是被击败的灵魂。"只要灵魂不败，坚忍不拔，就有成功的希望，就能把眼泪变成钻石，活出光辉灿烂的自己。

揭去弱者的标志

李红都

　　被医生诊断为神经性耳聋的那一天，他仅11岁，从此，课余时间跟着父母四处求医问药，想治好"变笨"了的耳朵。

　　花了很多钱，吃了很多药，可是听力却未见好转。为了给他购买那些价格不菲的"灵丹妙药"，原本就清贫的家里早已不堪重负，但一想到失聪会给求学和就业带来的种种坎坷，父母还是咬着牙想办法给他治下去。

　　可是，上帝睡着了，没有看到他和父母在求医路上的努力，未及行18岁的成人礼，他已彻底听不到父母的声音。几年后，听说新上市的一款数字型助听器可以帮助他听到一些声音，父母想办法帮他凑够了这笔钱。

　　他满心希望地跟着父母来到一家助听器验配中心，才发现这笔好不容易才凑齐的钱，仅够买下一只数字助听器，小心翼翼地戴上一只耳背机后，听到了声音，却听不懂话意。大夫说，两只耳朵都佩戴上，并且需要长期地训练听力，才能让他由听到转变为听懂。他怯怯地问："那得多长时间？"

　　大夫摇摇头："不好说，每个人的情况不同，快的是几个月，但慢的可能是几年、十几年，也可能一生仍是语言分辨力不理想。这是重度神经性耳聋的特征。"

他的脸唰地一下白了。

沉思片刻，他做出一个令医生和父母都大吃一惊的决定，放弃听力康复，用准备买这只数字助听器的钱去买一台电脑。

那一年，他23岁。听不到声音，也找不到满意的工作，甚至日常生活，也没有多少人愿意费半天劲儿跟他说话，寂寞的日子里，他便守着一台电脑，在因特网这个未知的世界里摸索，渐渐地，他发现自己对软件和网页创建特别感兴趣，于是，他开始自学html，了解创建网页和其他可在网页浏览器中看到的信息。很多关于html的资料都是英文，不得已，他在攻读网络知识的同时，坚持自学英文，从那些看似天书般的英语字母里，寻找打开因特网奥秘的金钥匙。

每天背几个单词、短句，坚持阅读英语新闻和英文技术博客，他就这样攻下了html，接着他又开始攻jarascript、CSS和asp等网页开发技术。两年后，他已熟悉Web等开发技术，能熟练地运用Visual studio等开发工具，并攻下了多款英文软件。

2002年，在微软推出 Net Framework 1.0后，他开始转入net开发领域的研究。2003年应聘到西安软件园工作时，他的学习和工作潜力得以激发，很快便成了公司的技术骨干，月薪高达五千元。他变得更加自信。

那段时间，微软公司常在网上发布一些软件测试版这类实验性的课题，只要有计算机知识，任何人都可以参与进来，他看到了，大胆参与课题讨论，提出了很好的建议。受益的不仅是微软，在解决那些行内公认的难题的过程中，他的能力也在不知不觉地提高，渐渐地，这位默默无闻的青年人引起了微软的注意。

由于不断帮助微软解决技术难题，自2004年起，他连续4年被微软总部授予"微软最有价值专家"称号。当时，微软在中国的MVP仅有一百多人，而残疾人MVP仅他一个人。

得到微软的认可，他的信心更足了。随后的几年中，在省、市、国家级的残疾人技能赛上，他一次次披金折桂，尽显英姿，及至后来远赴日本参加的国际残疾人职业技能竞赛，面对来自世界各地的计算机高手，他的成绩也足以惊艳世人……

当很多听力残疾人还在抱怨听不到声音，难以融入社会的时候，他已赢得了国际的认可，只要他愿意，很多软件公司都愿意向他敞开大门，曾经担心听不到声音，难以生存发展的顾虑，早已如烟云，从他越变越自信的心中消散。

回首往事，他感慨万千，那只戴在耳朵上没起多大作用的助听器，像一种弱者的标志，让他时不时地陷入自卑的阴影，黯然神伤。放弃那只助听器，心里不是没有痛过，但他懂得，一种疼痛的放弃，可能意味着拥有另一种充满希望的新生活。他放弃了，也得到了，揭去身上弱者的标志，他在网络和软件中成功地找到了与世界沟通的方式。这位令人敬佩的青年，就是陕西省延安市吴起县的杨涛先生。

如果不是23岁那次坚定的选择，他可能也会像大多数渴望听清世界声音的聋人一样，买下那只昂贵的助听器，艰难地一步步训练着听力，但谁又能保证他以后能像一个健听人，沟通不再会有障碍呢？与其抱紧那一点点渺茫的希望，不如用那笔钱买下一台电脑，在感兴趣的领域奋斗一番，自己来把握住自己的命运！人生就是这样，有许多不可预知的成功和失败，很多时候，输或赢的原因，就在于你选择了适应还是选择改变。

花的印记

张亚凌

　　周晓荷一直很快乐，笑声脆得像铃铛甜得像蜂蜜；也一直很骄傲，三四岁时学啥像啥天生一演员；也一直很幸福，觉得全世界的人都在宠爱着自己。

　　直到——

　　直到周晓荷略大一点儿，能读懂别人的目光及表情时，才感觉到世界彻底颠倒：嫌弃，讨厌，撇嘴，皱眉头……原来所有人对她都是那么厌恶，都恨不得将她从眼前抹去。之前所有的快乐、骄傲、幸福就在读懂别人眼神的同时，烟消云散，也瞬间长大，敏感，多疑，开始自闭。

　　罪魁祸首是那块痣，暗红色，在右边脸蛋靠近脖子处。那块痣更像个恶作剧：它努力摆脱脖子的约束，拼尽全力硬生生地爬到了脸颊上，——刚好在右边脸蛋的最下面。如果往下点，就在脖子上，围巾或高领都可以遮住，可它就是任性地逃离出来，挣扎着攀上脸颊，让你无可奈何。而别人的目光，总会落在那块暗红色上。

　　那些异样的目光，那些冷嘲热讽，那些轻慢的神情，织就了密密的网，将周晓荷死死束缚住，连同她原本欢快的心原本欢笑的脸。周晓荷又何尝不想去掉那个与众不同的标记？曾经，她气恼到躲在卫生间里使劲儿地搓着，搓得脸颊沁出了血，结痂后，依然那么狰狞。她也曾将头发收拾得很漂亮，祈求别人注意到好看的发型而忽视痣，可无论她怎么做，别人第一眼关注的，依旧是该死的痣。曾经，她让妈妈将毛衣的高领织得厚而高，直接遮到了半脸上。她甚至害怕将自己的脸洗干净，她觉得脏可以遮住那片暗红。

可所有的所有，都是徒劳。难看的痣，固执地坚守着自己可耻的阵地，让她痛苦不堪，自卑至极。

除非迫不得已，周晓荷从来不会跟别人交流，——无法改变她只有选择逃避。好在她从小喜欢画画，画啥像啥，她只能通过画画来麻痹自己暂时忘了痣的存在。似乎也只有在她给班里画黑板报上的插图时，才不那么令人讨厌。

直到进入初二。周晓荷遇见了她，她也姓周，叫周美丽，周晓荷的班主任。叫美丽的周老师也是个名字跟人的长相成反比的主，关键的关键是她也姓周，这多多少少给了周晓荷一些平衡。周老师搭肥一看，长得肥硕而粗糙，细看，更是形体宽大长相夸张。只是让周晓荷不解的是，不美丽的周老师任何时候都是春风满面，朝气蓬勃，似乎从来没有因为自己长成那样而掩饰而自卑。

周晓荷倒为周老师而郁闷了：见过不管不顾的，没见过她那样不管不顾的；见过有点像她那样不管不顾的，真没见过像她那样张扬着的不管不顾！看来林子大了，啥鸟都有，大人也一样。

开学第三周，周美丽老师将周晓荷叫到办公室。

晓荷，霍金难看不？周老师很随意地满脸是笑地问她。

周晓荷摇了摇头，那么伟大了不起的人，怎么会难看？

周老师又问她，我给你们讲的约翰·库提斯可怜不？

周晓荷又摇了摇头，他虽然没有下身，可他是世界上公认的国际超级激励大师，怎么会可怜呢？

周老师笑了，那我是不是特别让人同情？

周晓荷还是摇头，因为后来周晓荷才知道这个周老师可不是一般的人物，她出了几本书，还在报纸、杂志上开着专栏，是小有名气的作家。

周老师拍了拍晓荷的肩膀说：霍金只有手指能动，约翰·库提斯只是半个人，我已经形貌俱丑，你都觉得不难看不可怜不需要人同情，你呢？

周晓荷深深地埋下了头。是的，她呢？她腿不残手不坏却用自卑的斧头砍断了自己飞翔的翅膀。

你喜欢画画。周老师又说了，你注意到没有，你那块痣，怎么看都像一朵开得饱满的花，我只是为你遗憾，你竟然跟一朵花杠上了。

周老师后来说了什么，周晓荷压根就没听到，周晓荷只听到了一句："你那块痣，怎么看都像一朵开得饱满的花，我只是为你遗憾，你竟然跟一朵花杠上了。"

那一晚，周晓荷第一次站在镜子前看自己，看那块压得她不能快乐的暗红色。周晓荷发现，高昂着头的自己其实蛮好看的。那块暗红真的像一朵花，一朵上帝为了让自己与众不同精心纹上去的花。

第三辑

不再争吵，嫌弃太少

如果我们从灵魂中感知到富足，我们就会有一个一切从"富足"出发的新思维，然后那个新思维会让我们经历到更多的富足体验，于是，我们就觉得自己圆满无缺，一切都如此美好。

　　如果我们从灵魂中感知到匮乏，然后，我们就会一边哀叹匮乏，一边有一个一切从"匮乏"出发的新思维，然后那个新思维让我们经历到更多的匮乏体验，于是，无论我们占有着这世界上多少金钱与房屋，仍旧会活在愁苦、不满的世界。

　　所以，世界上的贫苦，其实不是真正的贫苦。

做自己的第一代

金明春

富二代、官二代、穷二代，这本来就是一个由来已久的形态，如今又被放到了风口浪尖上。社会生态让这些二代们生存迥异、心态不同、行为不一。一个人，无法选择上一代，那既定了的现实，就这样成为一个人的宿命？

既然无法选择上一代，那就塑造自己的这一代，做自己第一代。望洋兴叹，不如退而结网。感叹，永远改变不了现实，更创造不出美好未来。

这个土生土长的农村汉子，曾在家乡的土坷垃里刨食，当时连饭都吃不饱。于是，他便决定出去闯一闯，闯出一条生路。一个"闯城市"的念头一出现，他很是激动。他向往美好的生活，他也向往着城里人的生活，但是他没有想到，接下来的困难接踵而至难以想象。他在路边等着开往莱芜的汽车，等了两个小时都没有等到。正在这时一辆开往莱芜方向的拖拉机驶来。"老哥！捎我一段吧？""去哪里？""莱芜。""上来吧！"那时的人实诚爽快。他至今都很感激那位开拖拉机的人。

在城市他租了一间破旧的房屋，便开始了他的新的生活。每天，他都要去各村各户收鸡。烈日之下，一个人骑着自行车在土路上行走着。汗水湿透了衣服，他想停下来休息一会儿，但是，他看看太阳，不得已又加紧了前行的脚步。回到家里，他卸下鸡篓子。妻子问："你今天收了几只啊？"他说："十只。"妻子皱着眉头说："十只？怎么只有六只啊？""不可能！我看看：一、二、三、四、五、六。咦？一、二、三、四、五、六。真见鬼了。""你看看你的篓子底都漏了。一定是跑了。"他的脸顿时变得煞白，四只鸡，这得多少钱啊？他忙活半个月也挣不回来啊！他二话没说骑上自行车便原路返回，他要找回那要命的四只鸡。鸡啊！你是逃了命了。可你却是要了我的命了！路漫漫，四野茫茫，哪里还能找到他的鸡？

在一个风雨交加的夜里。劳顿了一天的他伴随着外面的雷声睡得鼾声大作。第二天，妻子的哭喊声打断了他的梦乡。"不好了！我们新买的三轮车和鸡都没了！"他望着空空如也的院子，欲哭无泪。这可是他高息贷款置办的一切啊！

祸不单行，偏偏这时妻子病了。莱芜、泰安、济南，各个医院都去了。大夫说不好确诊。钱一大把一大把地花，病情却不见好转。妻子说什么也不治了。"别浪费钱了，别为了我拉下一屁股的债。我们早已偿还不起了！"妻子说。艰难中，他不抛弃不放弃，这是他一生所爱的人啊！他紧紧握着妻子的手，说："别说傻话！治病要紧，就是花再多的钱也没有命要紧啊，我们这辈子还不上，下辈子还。"丈夫温暖的手，使得她心中涌起一股暖流。眼前这个朴实憨厚的穷汉子，她没有认错，这是一生一世值得爱的人。

在学校里，孩子们自觉不自觉地好进行家庭的攀比。有的学生说自己的爸爸是企业大老板，有两套楼房。有的学生说自己的爸爸是局长，有专车桑塔纳。有同学问他的儿子："你的爸妈是干什么的？"儿子憋得脸通红，他不敢说自己的爸妈是杀鸡的。乐观智慧的他告诉儿子："再有人问，你就说我的爸妈是大商人。"全家笑了起来。由于宰杀、出售和住处在一起，不可避免地身上要粘上鸡屎味、血腥味，这让儿子在同学面前很是难堪。但孩子是懂事的，他认为自己的家穷一点儿，父母的工作脏一点儿累一点儿，但靠劳动吃饭，不丢人！他想：我一定要争气，等自己大了，能挣钱了，就不让父母这样劳累了。

烧水、退毛、开膛、扒肚、清洗，这一项一项工作又脏又累。时间久了，两只手开裂得像小孩子的嘴一样。有时，他们累得腰都直不起来了。腰疼，手裂得钻心的疼，"不干了，我实在受不了了。我们回农村老家吧！"艰难的处境也曾使得他有过退却的念头。但他又想，既然来了，就要干出点名堂。要不，怎么有脸回去？他哄老婆说："现在回去，我们可是除了带着一身鸡屎味，身上连一个钢镚也没有啊！这样吧，我们再熬上几年，等我们有了钱，再到洗浴中心桑拿蒸浴，把光腚洗得干干净净喷香喷香的，再背着钱袋子回家见老丈人。"当困难来临时，往往会感到面临的是汪洋大海，简直是无法逾越，如果此时退缩的话，那就会又一次远离成功。坚持一下，跨过去，回过头再一看，困难就会踩在脚下。

成功与否，往往就会在于你敢不敢跨过去。永远以一种积极进取、乐观向上的人生姿态面对生活，人生才会充满阳光，人生才会拥有温暖、光明、信心和力量。积极向上，是一种人生智慧。积极向上，可以积蓄人生的能量。如果不失去信心，一切困苦都会过去。如果心中充满欢乐，在困境中也可以保持乐观、积极向上。鸡叫声声，伴随着鸡屎的味道。主人快乐和幸福地忙碌着。

现在，他们成立了一家屠宰加工厂，并在城郊建立了一个大型鸡鸭养殖基地。他成了当地有名的企业家。他们富了，他们的儿子现在已经是富二代了。但是，他告诉儿子，你不是富二代，你是你自己。要做就做自己的第一代。

父母给了我们生命，这是给了我们最珍贵的东西。1968年7月，一个普通的日子，在苏北的一个贫苦农家，在那不足40平方米的茅草房里，一个婴儿呱呱落地了。也许你无法想象，他从出生一直到10岁，几乎没吃过一片完整的馍、一块完整的饼，更不用说吃肉了。饥饿夺走了他一个哥哥和一个姐姐的生命。上小学了，父母却犯了愁。因为一块多钱的书本费难坏了父母，父母东家借两毛、西家借三毛钱，最后终于凑够了。穷人的孩子早当家，10岁的他，就懂得为父母分担忧愁了。他从二十多米深的土井中提水，然后挑到2公里以外的小集镇上卖。只要一分钱，水就可以随便喝，一个假期下来，他挣了4块多钱。他就是陈光标。如今，他现在身家数十亿。他和他的公司在自身发展的同时，不忘回馈社会，热心投身于社会慈善事业。一朵花鲜艳地开了，它美丽了世界，世界也赠给它一枚甘甜的果实。

从风雨走向彩虹，从山谷登上巅峰，需要坚实的脚步，需要坚定的毅力。他冒着生命的危险，从社会的最底层一步一步地挣扎、打拼、奋斗，挣到了自己的钱，也得到了别人的尊重；他从一个每月收入有限的苦孩子，变成了百万富翁，后来又变成了亿万富翁；他从一个给明星做替身的"臭武行"，变成了立足好莱坞的国际功夫巨星。他就是成龙。困境并不一定完全是坏事，就像生长在沙漠里的仙人掌，反而因此有了更顽强的生命力。月有圆缺，天有风霜雨雪，道路有平坦和曲折。再长的雨天也有晴的时候，再长的黑夜也有黎明到来的时候，再汹涌的波涛也有平静的时候。

如果你是穷二代，那就做好自己的第一代。

命运总有转机

宋炳成

他的家住在连绵起伏的大山里，上小学的时候，他就发誓，这辈子一定要走出大山。他学习很努力，成绩也不错，可惜，高三快要毕业的那一年，父亲因病去世了，撇下他和孤苦的母亲守着三亩薄田艰难度日。尽管母亲一再求他继续读书，可倔强的他梗着头说，不念书也一样能过上好日子。

他接过父亲的锄头，开始了修理地球的工作。

凭着从书本上学来的一点儿知识，他满怀激情地想要在三亩薄地里种出金蛋子来。

听说种植桔梗挣钱，他把家里仅有的一点点积蓄全拿出来，毫不犹豫地买了桔梗种子，封冻前他将种子撒进了土里。天旱，他就挑着两只水桶一瓢一瓢地泼，肩膀都磨出了血泡，可一直等到来年的五月，一亩地的桔梗出了也没有几棵，他失败了。

但他一点儿也没有灰心，他养过蚂蚱，养过兔子，还养过山鸡，每次都是挣少赔多。

后来，听人说收购农副产品挣钱，他不惜贷款买了辆农用三轮车，从大山里往外倒腾山货，生意倒还挣钱，可干了不长时间，在一次送货的途中，他就连人带车掉进了沟里，不但三轮车报了废，他还摔断了右腿。

大伙儿都说他瞎折腾，这辈子算是完了。连母亲也说他败家。因为穷，三十多岁的人了也没有说上媳妇，有谁会愿意嫁给一个不安分的穷光蛋呢？

为了让他收心，母亲托亲戚给他在城里找了份打工的活儿。

他也非常珍惜这次机会，天天都是第一个进厂，最后一个离厂。老板很有些赏识他。

有一天，他却迟到了。

老板说："明天一定要准时来。"

他答应着，可第二天他又迟到了。

老板有些生气，说："我说的话你都当耳旁风了！"

他赶忙说："对不起，明天，我一定早来。"

第三天，尽管他比前两天来得早，可还是迟到了。

老板忍无可忍，吼道："你以为这是旅馆呢！想来就来，想走就走，行了，你上财务结账，另谋高就吧！"

他的眼泪在眼眶里打转，他为自己的命运而伤感，怎么这么苦呢？就连给人打工都没人喜欢用！他默默地收拾着简陋的行装，准备回家。

看着他失魂落魄的样子，老板突然动了恻隐之心，问了一句："你怎么回去？"

他说话的声音像蚊子："我，我走回去。"

老板一惊："走回去？你的摩托车呢？"老板知道，他的家离这儿有三十里地呢。

他说："摩托车让我卖了。"

老板有些疑惑："你不是得骑着上班吗？卖了你骑啥？"

他满脸羞愧，低着头说："我娘病了，急等钱用，没办法。"

老板急忙问："这两天，你上下班都是步行的？"

他说："是的，这两天，我一直走着来，走着回去，因为早晨和晚上还要给娘熬药……"

老板感到喉头有些哽咽，一把抓住他的手说："为什么不把事情早点告诉我呢？以前，听你亲戚说，你做事执着，没想到，你还是一个富有孝心的人！"

他又被老板留了下来，并很快得到了重用。

一年后，老板将一分公司交给他，让他全权负责。

那一刻，他百感交集，禁不住泪流满面。

不能折断理想的翅膀

朱迎兵

　　1965年，特莱艾生于津巴布韦一个贫穷的村落，上了一年小学后，父亲便让她退学回家。辍学的特莱艾每天等哥哥放学，就急迫地翻开哥哥的书包，缠着哥哥将所学的知识对她说一遍，然后，在院子里一块表面坑坑洼洼的大石头上完成老师布置给哥哥的作业。就是在这块石头上，特莱艾用一张小纸写下了自己的四个梦想——出国留学、读完学士、硕士和博士。然后，她按照非洲人的传统，将写着这四个梦想的纸条放进一个瓦罐里，埋在这块大石头旁，要在实现的时候打开瓦罐。

　　哥哥总能按时交上整洁的作业，课堂却答不出老师提问，同村的老师卡嘉宁调查后知道，是妹妹一直在做着哥哥的功课。卡嘉宁恳求特莱艾的父亲让她回到学校，然而，父亲不为所动。11岁那年，特莱艾嫁人了。时光荏苒，十几年后，特莱艾已经是五个孩子的母亲，贫困的生活让当初的理想荡然无存。

　　1996年，津巴布韦遭遇了百年不遇的干旱，庄稼歉收，特莱艾家的粮食很快就吃光了。那时，她的丈夫患上了艾滋病，全家仅靠她在外面做工维持生活。

一天，特莱艾拖着疲惫的身体回到家中，孩子们饿得直哭，丈夫坐在地上叹气。她揭开粮缸，里面空空如洗。她决定带着孩子和丈夫，到一直关心她的，也是村里最富裕的卡嘉宁老师家要口吃的。

来到卡嘉宁老师家，他正在用餐。在听特莱艾说明了来意后，他起身端来了几块面包。

卡嘉宁拿起一块面包，特莱艾去接，他却好像没有看到她，避开她的手，递给了她的丈夫，说："你是病人，战胜病魔需要营养。我怜悯你拥有一个无能的妻子，不能安排好你的生活，你快趁热吃吧。"特莱艾的脸霎时火般地热。

他又拿起几块面包，再次避开特莱艾伸过来的手，递给几个孩子，说："可怜的孩子们，你们正是长身体的时候，却要忍受饥饿的折磨，你们没有一个称职的母亲啊！"特莱艾的脸更热了。

卡嘉宁拿起最后一块面包，却没有给特莱艾，而是自己吃了起来，他边吃边说："我从不给来乞讨的健全的成年人食物，因为这些人生性懒惰，轻易就被尘世折断了理想的翅膀。"特莱艾羞愧地低下了头。

回家后，特莱艾在曾经埋下梦想的地方久久徘徊，她决定要实现理想，亲手打开瓦罐。从此，她一边照顾全家人的生活，一边捡拾起课本，刻苦自学。

1998年，她被美国俄克拉荷马州立大学录取进本科学习。为避免五个女儿被丈夫随意嫁人，她带上丈夫和孩子一共七人到美国留学。那时助学金微薄，孩子们在上学，丈夫也因病无所事事，一家人生活窘困，被迫挤在冰冷、破旧的车式房子里。为了生存，她打了几份工，利用一切时间学习，尽量减少睡眠。没有吃的，她就去附近的垃圾筒里，翻找别人丢弃掉的食物充饥。

生活的艰苦，特莱艾早就习惯了；她觉得最难以忍受的，是丈夫打结婚起就有的家庭暴力倾向。丈夫在屡教不改之后，被美国司法当局赶出了美国；回国不久，丈夫的病情就加重了。善良的特莱艾念在老夫老妻的分儿上，想着这个男人给她带来的5个心爱的孩子，又把丈夫接回了美国，一直照顾他到去世。

2009年12月，她终于实现了自已的全部的四个梦想。已年近古稀的卡嘉宁先生得知消息后，第一时间给她打去了祝贺电话，并要亲眼看到她打开瓦罐。

人生难免遭遇不幸，如贫困、疾病、挫折等等，可面临不幸，无论如何也不能折断了理想的翅膀。让我们想象特莱艾打开瓦罐的那个时刻，与她一同欢呼。

绒线帽子

顾文显

这家饭店别看两层楼，其实就是家小吃规格，吃饭的都是工薪族甚至打工仔，并且喝上点酒磨磨叽叽没完没了。戴小红懒洋洋地倚在楼梯栏杆上，边等顾客呼唤，眼里却瞧不起她这些"上帝"。本来她很热爱这项工作，可是老板已经通知她，再干两天满这个月就"另谋高就"，反正她竞争不过孙玉梅，人家长得甜，嘴也会说……所以，小戴心烦意乱地想，混一天少一天。然而，那一桌喝酒的怎么这样有耐性，21点了，还要添啤酒！

戴小红好容易熬到最后这桌结完账，歪歪斜斜地走了，她赶紧收拾残局，好下班休息。这时，她发现最里面的一张椅子上丢着一顶绒线帽。拿起来掸了掸，好不错的毛线哇，就可惜帽子式样太旧，也脏了点儿。若是平时，戴小红无论如何也得把它保管好，等帽子主人日后来寻找，可现在她心情不好哇，顺手就把帽子放进了自己的兜里，她的手巧，会织好多种毛线活儿，回去拆了给小侄儿织一顶像样的。

当天晚上，戴小红拆洗了那顶绒线帽，心情好多了。然后，她去上最后一天班，领完工资，走人。

可是傍午，昨天喝酒的一位老头儿急匆匆地找了来，问，昨天晚上，是不是把帽子丢在这儿啦。老板说，没谁见帽子呀。

这时候小戴正端着菜往楼上走，听了这话，心里咯噔一下，那么大岁数的老人，自己凭什么把被炒鱿鱼的坏心情往人家身上撒？可是，那帽子已经被她拆了……她没来得及想好对策，嘴里已经喊出来了："帽子在我那儿……"

"大爷，是不是浅蓝色的？"

老人家惊喜地点点头。

"大爷，我真不知道您这么快就来找它。我看它沾了些灰，样子又太旧，没经您同意就给拆洗了，我给您织一顶新的。您隔天再到这儿来怎么样？今天中午的饭我请您。"

老头子吃惊地睁大了眼睛："有这么好的人……"他没吃饭，走了，当然，他不知道姑娘已被炒了鱿鱼。

第三天，小红把一顶新织的帽子如约送到饭店，还剩下一小撮绒线，她把它们交给老板，委托他送给那位老人。

老板瞅了她好久："小戴，你别走了，继续留下，我每月给你加50元。"

"为什么？"

"就冲这顶帽子。"老板说，"你有这样的好心，饭店怎么能不兴旺。"

"可是老板，我……"戴小红把当时的心态如实地说了，"我会找到工作的，我不想挂这虚名。"

"知道。"老板说，"人一时有什么想法，不那么重要，我看重的是结果。留下吧，算我求你啦……"

多年后，戴小红也成了老板，她常常对人说那顶绒线帽子的事："那顶小帽一直压在我的心上，我用它约束我的行为，凡是跟我打交道的顾客都说我心好人热情，所以我才有了今天。"

不再争吵，嫌弃太少

西 风

我认识一个人。走在路上，他指着路边的两幢正在施工的公寓大楼说："啊，这是我的工地。"去他的公司玩，合伙人开车载我们看风景，我问："这是谁的车啊？"他说："我们合伙买的车，他开。我的车被朋友开着呢。"我说不是车和老婆不能外借吗？他说你不知道，车是我替那个朋友炒股赚的钱买的，所以也算有我的一半儿。一边说话，一边瞄我的金戒指、金手镯、金项链——那阵子心寒心暗，戴亮颜色暖一暖。然后他撺掇我投资一个什么项目，"五万块钱就够了"，他说。

后来我才知道，哪里是他的工地！哪来的合伙买车，那就是人家的车！他的车？神仙。他把房子卖了跟人合伙开公司，可是只卖理念，不卖产品，发展下线，开会、洗脑，如此种种。他随身带着一本书，叫《奇迹》还是什么，大致内容就是只要你敢想，你就拥有全世界。所以他想拥有全世界，他就什么都敢想：大楼是他的，合伙人的车也是他的，我的钱也差点成了他的——这个书其实不反动，挺好的一本书，不知道怎么被他曲解成这个德行。

我不成。

五六年前，我和世界，楚河汉界。世界只管运行，我负责旁观。五六年后，我被狠狠教育：世界是不容许旁观的。总有一部分你要介入，酸甜苦辣，艰辛备尝。年少贫寒，一年没有吃过肉是什么感觉？你们不知道，我知道。中年遭背叛，一夜白头什么感觉？你们不知道，我知道。亲人还没有孝养够即已离世什么感觉？你们不知道，我知道。黑夜里漂流什么感觉？我太知道了。灾难一波一波地来。恩怨情仇，感受饱满滴溜，像只大桃。

女友来访，突然问我一个问题："你为什么来到这个世界上？"我想也不想，脱口而出："体验。"

对的，这是最合逻辑的答案。以前用文字把自己和世界隔离，结果被命运揪住头发，嗖一下扔进世界的滚水锅里面，我在里面挣扎浮滚，什么感觉，你们不知道，我知道。所以大家都抢着买房，我不买了。有什么用？以前买了那么多，结果除了如今这一个住旧了的栖身之所，别的都没有了——为求干净解脱，那人争家产，就都给他了。住着旧房子，过着小生活。

现在经常会去乡下小住。城里光景看腻了，看看乡间风色。天天看上去的土地都是不一样的，天空也这一刻不同于上一刻。有的时候篱笆上开起了南瓜花，有的时候又灰黑的僵篱上缀着紫色的夕颜。沉进乡间风色的一汪碧水，水深水浅你们不晓得，我都晓得。分分秒秒，时时刻刻。

——我就是来体验的。这个世界完全不属于我，我对这个世界的感受完完全全属于我。我来世界上，就为的体验生活。

我不再和这个世界争吵，嫌弃它给我的太少。世界给了我舞台，我在上面起承转合。情节怎样推进我不晓得，却是把时时刻刻正在度过的感觉都装进篮子里了，它是我的孩儿，我的宝：从小脚丫到头发梢，寸寸丝丝都归我，谁又能抢夺得走呢。心外的世界，我无力扩张，无力保全，就让它随逝水，委黄云，有甚不平，有甚心疼；到最后，记忆散失，感觉亦不再鲜明，一切脱剥光净，一颗光溜溜的灵魂嗖一声，没入太空。

牡丹薪

瘦尽灯花

刚才瘫痪的老爹从床上摔下来，我一个女人，背也背不动，抱也抱不动，没奈何替他围上被子，揽着他坐在地板上——冬月寒天，我刚恢复单身不满一年。

人到中年，咬碎牙齿往肚里咽。

把委屈跟一个朋友讲——一个三十多岁的男子汉，原本房也有，车也有，工作也有，结果把自己的小房子抵押变现，辞职和朋友合伙做生意，生意未及做，朋友卷包跑掉。到现在房子也没有了，车子也卖掉还债，他跑到建筑工地给人打工。

我问他苦吗？他说有什么苦能难住年轻潇洒、风流倜傥的本帅我？

他说这话的时候，老婆也早已经跟人跑得没影了。

众叛亲离。

手无寸铁。

——不对。还有一把垒砖的瓦刀，被他挥舞得虎虎生风。

然后他跟我讲，给他打下手的是一个五十四岁的老女人。一米五的个子，黑瘦黑瘦的，围着大头巾，只露出两只眼睛，一边搬砖和泥，一边荤素不忌的笑话让大家笑得抽筋。她有两个儿子，一个女儿，大儿子结婚了，在北京工作；小儿子还在念中学，这个年纪正拼命吞钱；女儿刚参加工作，挣钱不多，还得当妈的接济着。还有父母公婆。

想想都怕得慌，不明白她为什么这么坚强。

她常讲，希望大儿子在北京能生活得更好；希望女儿的工作更好，能嫁个好婆家；希望小儿子能上好学，将来找到好工作，娶一个好姑娘，再抱一个大胖孙子；希望赡养完几位老人，好好享受天伦。

是的，希望。

《红楼梦》里的贾母，一个至尊的老封君，穿的是一斗珠的羊皮褂子，坐的是锦茵蓉蕈，喝的是老君眉的茶，吃的是茄鲞、野鸡崽子汤。可是她去听戏，听到《南柯梦》就觉得刺心，因为怕荣华富贵如南柯一梦，转眼成空；听说大儿子要纳她身边的大丫头为妾室，就震怒，因为怕儿孙谋算她的财产。

她的生活华丽安稳，却锦衣玉食的外皮裹着恐惧揉成的馅，害怕一梦做醒，手抓的黄金变成铜。

刘姥姥，一个老寡妇，依栖女儿女婿过生活。穷得没饭吃，跑到贾府求告，得了人家给丫头做衣裳的二十两银子就喜欢得浑身发痒。好饭没吃过，好茶没喝过，好衣裳没穿过，好车好轿没坐过，没被珠围翠绕过，那么大岁数还要到田地里讨生活，动不动就啪嚓摔一下子，拍拍土爬起来。可是她讲的笑话把贾府的公子小姐、封君诰命逗得前仰后合的。也不过就是穷罢了，可是她就那么一天天乐呵呵地过下来了。

虽然"希望"这个词她不会说，可是她就是觉得日子是越过越好的。

一个日本故事，讲的是剑道高手宫本武藏，一次随一群人去一个叫吉野的艺伎家里喝酒。艺伎从炭笼中取出已切好的一尺左右的细柴薪放入火炉中。才四五根的细柴薪，就将房内照耀得有如白昼，火焰就像风中的红牡丹，紫金色的火光交织着鲜红的火苗，熊熊地燃烧着，整个屋子里已经弥漫着由柴火中飘出的香味。

有人问："你添加的柴火——到底是什么树枝呢？"

她回答："是牡丹树。"

原来，在她的住所周围的牡丹园里，有好几株牡丹树已经具有百年以上的历史，每年冬天都要砍去枯枝，好让它来年长出新芽。而砍下来的短枝，扔到火炉内燃烧，柔和的火焰美丽极了。它不但没有熏眼呛人的烟雾，而且散发出怡人的清香。不愧是花中之王，即使成为柴薪也与杂木不同。一朝身为牡丹，枯柴亦有芳香。

昨天刚拒绝一个人。他说可以当带工资的司机和男保姆，只要能够嫁给他，可是没用——我还是想要两情相悦的感情。所以宁可现在苦一些累一些，也希望能够遇见真正喜欢的人。人心真的是很执拗的东西，它知道它想要什么，知道它得到了什么会快乐。所以日子虽然辛苦，也是有泪可落的悲凉，而非无泪可流的绝望。

那个搬砖的大姐、"沦落"为民工的朋友，还有蹦跶到贾府里的"母蝗虫"刘姥姥，他们也都是因为有希望，所以才能够快乐和坚强。真的，在他们眼里，日子是一天天过着，可又不是日复一日地重复过生活，不光太阳每天都是新的，就是每天的空气分子的味道都是和昨天不一样呢。人间正是因为有希望，才有那么多生命把自己活成一株牡丹的模样，哪怕成为一根枯柴，也散发牡丹的芬芳。

一个邮递员

卫宣利

　　她应该有四十岁了，长相普通，面色发黄，长发用一根黑色的橡皮筋简单地束在脑后，干涩，枯黄。瘦削的身体裹在绿色的制服里，制服也很旧了，上面有磨损的痕迹和洗不掉的顽渍。很难想象，这样的一个女人，会有一副非常甜美水润的声音。每天，不管我手头的活儿有多忙乱，心情有多烦躁，只要一听到她在外面喊我的名字，我的情绪会立刻被这个声音激活。有一次签名字时，我夸她的声音好听，她没说话，只抿嘴轻笑，很羞涩。这样如怀春少女般的羞涩笑容，在她这样的年龄，似乎有些不搭调，但在她身上，却是自然流露的质朴和纯真。

　　她很敬业，不像之前那个邮递员，常常把信件往楼道里一扔了事，或者我没在家时，把我的汇款单直接扔进窗户里，连名都不用签。她每次来，总是把我所有的信件汇款单都集在一起，整整齐齐的一沓，然后让我一个一个签名。若遇上我外出不在家，她会在我的门上贴个纸条，告诉我有单子来了，明天在家等着她。

　　有一天晚上，九点多了，她突然敲门。我很意外，请她进屋，她不肯，坚持站在门口，搓着双手，为她的打扰感到抱歉。她局促了半天，才不好意思地开口，问我能不能定份报纸或者杂志。她说是单位硬派下来的任务，完不成要扣奖金的。说完她又赶紧解释，不用太为难，实在不需要的话就算了。

我没有推辞，定了她推荐的那份刊物。其实我和那家刊物很熟，编辑经常寄杂志来。但我是个不会拒绝的人，尤其是她。我不知道她的奖金会有多少，但我想，她家里或者有一个正读书的孩子，也许父母身体不太好……总之，普通老百姓的小日子里，需要那份奖金的地方很多。

有好几次，她后面跟着不同面孔的年轻人，说是熟悉路线。我问她，你呢？要换新工作了吗？她抿抿嘴，解释：家里那口子，出了车祸，躺床上不能动，需要人照顾。想换个上班时间短点的工作，好照顾家里。我吃了一惊，原来她的背后，是这样的家境。

但几次之后，跟的人不见了，仍然是她在跑。我问，跟你的人呢？她还是一笑，说，吃不了这个苦。她没说有多苦，但我知道，我们这条线，她每天要跑两趟，报纸、邮件、包裹、汇款单……她每天早晨五点就要出来送报纸，寒暑不断，风雨无阻，法定的节假日，无论长假短假，她也只能休息半天。

我说，那你家里呢？她的目光黯淡了一下，马上又明亮起来：他好多了，现在都能自己坐起来了，也许用不了多久，就能下地走路了。医生说他以后可能干不了重活了，不过没关系，他还能帮我做饭。到时候，我下班回家，桌上有热腾腾香喷喷的饭菜等着——你不知道，他做饭可好吃了……

我注意到，说起丈夫，她仍像个小姑娘似的，用的是"他"。对他的意外受伤，她没有丝毫的怨天尤人，嘴角反而漾起骄傲甜蜜的笑意。她的生活一定是不那么如意的，人到中年，诸事繁杂，伺候老人，照看孩子，爱人受伤，工作繁忙，收入微薄……一家的重担都压在她的肩上。可是她，不抱怨，不灰暗，生活给的一切，她都坦然接受，且认真咂摸，嚼出香，品出甜，面对生活，笑颜如花。

"炼山"的日子

　　双手大大小小二十多个疤痕，总让我不经意地想起过去"炼山"的日子。

　　"炼山"是老家的林场工人对在山活儿的统称。上世纪七十年代末八十年代初，林场工人的子女，基本上都有过跟父母"炼山"为家里增加收入的经历。我家因为家贫，又没有男孩子，于是作为家里大女儿的我，"炼山"的活儿比许多孩子都干得多，也更累，至今印象深刻。

　　最危险的活儿是砍伐竹木。我们小孩子，要用砍刀砍断一根松树，得花上好长时间，往往树还没砍倒，手就磨起血泡了。削竹枝的时候，一个不小心，会把手给削破的。但把砍下来的竹木从山里扛到山外的公路边，才是最考验人的。竹子一般长在山谷里较阴暗的地方，路上大都铺满了掉下来的竹叶，虽不陡，但通常都很滑。记得有一回，我扛着一把超重的竹子颤颤巍巍地往外走，冷不防被一只大山蚊狠狠地一口叮在脸上，我一哆嗦，一下子就摔在地上，竹子就势压在我身上，让我动弹不得。最后大人帮我扶起了竹子，我才爬起来，幸亏没伤着。扛松树又是另一番光景。松树是长在山顶和山坡上的，可以先从上往下推木头滚下来，直到平缓的地方，木头滚不动了，才扛起来。可这滚木头也有风险，如果在陡的地方，推木头时用力不当，会连人带木头一起滚下来。而粗糙的松树皮把脖子下巴的皮蹭掉，那更是常有的事了。

我最不喜欢干的活儿是挖树穴。记得在不用上学的暑假里，我总会在天刚亮的时候，跟着父母来到那即将种树的光秃秃的山坡上挖树穴，直到正午的时候才回家。下午三四点钟的样子又上山，晚上天黑后再回去。林场的山大都又高又陡，要在那山坡上挖树穴，确实是件不容易的事。我得学着父母的样子，把两腿站成弓步，一只脚在前一只脚在后，让自己稳稳地立住，然后挥动锄头，在坚硬的甚至有石子的山坡里，一锄一锄地把土刨出来，直到最后挖成方方正正的标准树穴。没有树木的山坡，太阳直接晒在后背上，一天下来，全身辣痛，衣衫干湿交替，双掌起泡，两腿抽筋，人就快累成一摊烂泥。挖树穴的活儿让我的两只手掌长满了厚厚的老茧，大学毕业后好几年才消失。

摘油茶果的活儿现在回想起来虽累却有点浪漫。油茶果收成的季节，漫山遍野都是红的、褐的、绿的果子，沉甸甸地吊在油茶树上，很是好看。我们小孩子总在放学后，就用扁担挑上两只箩筐或木桶，到附近的山上摘油茶果，然后挑到采购点称重赚取一点儿采摘费。摘的过程总很喜悦的，看到箩筐或木桶慢慢被果子填满，会有一种忍不住要高声欢叫的冲动。虽然在把果子挑到山外时，有时会不小心摔倒，果子从山上滚到山谷草丛而前功尽弃，但大多数时候，还是可以把满满的两筐果子挑到采购点去称重，然后马上就领到几分钱，于是心里那个高兴啊，无法言说。当然，得小心别被油茶树上特有的毛毛虫沾上，那种毛毛虫狠毒无比，一旦被它"亲吻"了，必定长出连片的鸡蛋大的肿包，痛痒无比。我都不记得有多少次摘完油茶果后，母亲要煮生姜水替我擦洗止痒。

如今，"炼山"的日子已远去，深刻的记忆留了下来。在我的梦中，常常会出现一个瘦小的女孩，挥汗如雨地舞动着锄头挖泥土，或扛着一根大木头从山里走出来的情景。而留在双手上大大小小的二十多个疤痕，又会提醒我那不仅仅是梦，还是我过去真实的生活。当年的我因为小小年纪，就承担那么重的活儿，肯定会有过抱怨，有过泪水，但现在，我是感谢"炼山"的。我已经把这些不同于同龄人的经历，看成了自己一笔可以炫耀的财富，化作了自己可以面对众多困难的根基。念大学的时候，我曾跟母亲半真半假地说，我之所以长得这么黑，那是当年挖树穴的时候老晒太阳；个儿长得不高，是因为当年扛木头压矮了。母亲却说，如果不是干活辛苦，我恐怕不会那么努力读书，恐怕就像邻家的孩子一样考不上大学，得在林场待一辈子呢。

也是，"炼山"，其实是"炼人"。

找到适合自己的那把刀

李红都

少年时就爱上书法的他，因为家贫，没钱买墨水和纸张。母亲便找来一支别人废弃的毛笔，用小桶盛了水，让他在家里的水泥地上练字。

有了写"水字"打下的基础，他的作业字迹娟秀、结构洒脱，看着让人心情舒畅，是老师最喜欢批改的那一类。

上了高中，他从《书法》杂志上初次认识并了解了篆刻艺术，那些刀法稳健含蓄、方圆互用的印章让他对篆刻产生了浓厚的兴趣。课余时间，他便找来削铅笔的刀片，在砖头和瓦片上刻了起来。

刀片很薄，一使劲，便折断了，家里好几把削铅笔的小刀都被他在砖头上刻字弄断了，怕妈妈训他，他只好撒谎说刀子丢了。

妈妈没责怪他，给他买回了一把专门学篆刻的刀。他学篆刻的劲头更高了。

技校毕业后，他进厂当了名钳工，开始跟锤子、錾子、锉刀打交道。劳累的工作没有消融他的梦想，业余时间，他仍然喜欢搞事业——篆刻。薪水除了日常生活的各项开支和买书籍学篆刻，所剩已不多，市场上卖的那类昂贵的白钢篆刻刀，一直是他想要而不舍得买的奢侈品。

一个偶然机会，他将别人干活报废下来的一把锉刀磨成了篆刻刀，想看看能不能代替白钢刀提高篆刻作品的精细度。没想到，这个小改革令他的篆刻作品质量猛升——笔画弯转更显自然，印面也更显得浑厚端庄。从此，用废锉刀改制的篆刻刀，成了他的"独家兵器"。

公司重视企业文化，经常组织职工文体活动，在举办的几次职工书画篆刻展当中，他都名列前茅。那些绽放在方寸间的造型艺术，或厚重肃穆、或圆润古朴，很见功力，很快，他成了公司小有名气的"篆刻家"，并渐渐走进了省市书协会员的行列。

单位领导惜才，调他到政工科做宣传干事。工作性质和环境的改变，让他在篆刻艺术上有了更多提升和发挥才能的余地。但是，与公司那些高文凭的科班同仁相比，他有些底气不足。

那天，一个想法，如闪电传过他的大脑：手里这把篆刀原来只是一把报废了的锉刀，价格远不如专业的白钢刀。但是，经过他用心的磨削改造，性能已超过了白钢刀。

他开始找来专业的新闻写作书籍学习，不断提高自己写通讯、消息的能力。业余时间，他继续在篆刻上发展，并试着摸索一条将爱好与宣传工作结合起来的路子。

功夫不负有心人。几年后，频频在内刊发表新闻稿的他，走进了公司优秀通讯员的行列。公司安全月宣传，他精心篆刻出"安全是福";单位抓廉政教育,他又及时刻制出"镜鉴";春节,他乐呵呵地篆刻出"百佛祈福";五一,他又满怀激情地篆刻出"劳动光荣"……一枚枚印章,都是缩龙成寸的精品,疏密有致,顾盼有情,饱含了他对企业深深的祝福。

业余时间,他广结善缘,积极参加国家、省市各类篆刻比赛,作品被报纸专版刊登,姓名入编《中国现代书画篆刻界名人录》,并被业内人士推选为某书画院秘书长。一时间,出身卑微的他拥了众多粉丝的欣赏。

有人向他请教成功的秘诀,他笑着拿起那把篆刻刀:篆刻作品的成功与刀具的贵贱无关,关键是要找到最适合自己的那把刀。做人,也当如此,要想成功,只需认准方向,并努力将自己磨励得更有价值。

第四辑

挑战是给你机会
去战胜挑战

除了我们自己，谁都拯救不了我们。即使上帝也不行。天堂在我们的心里，门要我们自己才能打开。别人的兜里没有我们的答案，既然渴望改变生命，那就翻捡晾晒自己的内心，然后从今天开始行动。任何难题都不是难题。挑战是给你机会去战胜挑战，艰难是给你机会走出艰难，困境是给你机会让你成长到足够翻转困境。

不屈服于命运的鹰

周 礼

很久很久以前，在澳洲的一个小岛上，生活着一群名叫长喙的鸟儿，它们以蒺藜的果子为食，世代繁衍。

岛上生长着不计其数的蒺藜树，足以满足长喙鸟们生存的需要，所以它们不必为食物而发愁，生活得无忧无虑，安适快乐。然而不幸的是，有些长喙鸟一生下来就带着"残疾"，它们的嘴不像妈妈那样长长的、尖尖的，而是短小钝滞。要知道，长而尖的嘴是长喙鸟生存的工具和资本，因为蒺藜果浑身长满了坚硬的刺，没有尖长的嘴是无法啄开蒺藜果外面的壳的。如果失去了赖以生存的果实，它们就只能被活活地饿死。为了与长喙鸟区分，我们暂且将这种带"残疾"的鸟叫短喙鸟。

通常短喙鸟在出生两个月后，就会被妈妈无情地抛弃。许多的短喙鸟在离开妈妈后不久，就被饿死了。但也有一些坚强的短喙鸟，它们不甘心命运的安排，决定放手一搏。它们用短小钝滞的嘴，尝试着啄开蒺藜果。可是无论它们怎么努力，甚至嘴被刺得鲜血直流，依然无法啄开。而在这个岛上，除了蒺藜果以外，又没有别的食物可吃。于是，在万般无奈之下，短喙鸟们带着一身的伤痛飞离了这个小岛。

短喙鸟们在海上盘旋着，发出一声声绝望的悲鸣。就在它们饿得快没有力气时，突然欣喜地发现海面上有一些小鱼在游动。它们不顾一切地俯冲下去，以最快的速度，将一条小鱼叼在嘴中。尽管它们十分讨厌这种腥腻的味道，但为了生存，它们还是皱着眉头咽了下去。靠着海上丰盛的鱼儿，它们活了下来，也渐渐改变了以往的饮食习惯，从食果动物变成了食肉动物。慢慢地，它们发现，其实肉食的味道并不比蒛藜果的味道差。

虽然它们暂时有了栖身之所，但海上的生存环境十分恶劣，它们的生活再度受到了严峻的考验。为了能有力地生存下去，它们不得不四处捕猎，猎物也不仅仅局限于鱼类，凡是能够得着的动物都成了它们的捕猎对象。长此以往，在恶劣的生存环境下，短喙鸟练就了犀利的眼睛，强健的翅膀，刚猛的爪子，敏锐的观察力，闪电般的速度，超凡的胆识。它们从被人抛弃的可怜虫，蜕变成了翱翔天空的王者。后来人们给它起了一个好听的名字，叫作鹰。

而岛上那些自认为有着得天独厚的条件的长喙鸟，因为岛上气候的变化，蒛藜果消失了，它们也自然走向了灭绝。

原来，所谓的弱者，并非永远都是弱者，只要不屈服于命运，敢于顽强拼搏，哪怕是被人抛弃的"残疾"，也能成为生活的强者。相反那些仗着自己天生有着优越条件而不思进取的人，他们最终会如长喙鸟那样被社会的发展所淘汰。

改写命运的农民

[美]帕特里克·斯诺　著

庞启帆　编译

　　克利夫·扬，一个澳大利亚以种植土豆为生的农民，他在57岁时决定改写自己的命运。那时他的命运是在他的家庭农场里劳作，每天过着辛苦的生活。然而，克利夫酷爱长跑运动。

　　他决心以他自己的生活方式来生活，创造一个新的命运。不久，多雨的澳大利亚乡村公路上出现了身穿雨衣和胶靴的克利夫进行训练的身影。57岁的年龄、简陋的装备、恶劣的训练环境，对他来说都不是问题。在农场的这些年里，对他来说最重要的是追赶他的梦想和创造自己的命运。他从不理会那些嘲笑他的人和那些试图把他驱离偏僻的公路的司机。他以每天增加20到30英里的距离不间断地进行训练。

　　1983年5月，经过4年不间断的训练，克利夫·扬震惊了整个世界。在61岁时，他赢得了悉尼至墨尔本距离875公里的超马拉松冠军。跑完这段距离对任何一个年龄段的人来说都是一个壮举，但61岁的克利夫·扬击败了世界上最好的长跑运动员，绝对令人难以置信！多年来，跑步专家认为，一个运动员一天跑完艰苦的100英里后，晚上就需要一定量的睡眠。然而，在比赛的第一天远远落后于其他运动员的克利夫在当晚凌晨1点就起来，开始他的黑夜穿行。最终，他超越了那些习惯在凌晨5点醒来的领先者。克利夫的策略运用得非常好，他继续每天早上比所有的竞争者早4个小时醒来，然后开始跑起来。由于采用了这个大胆的策略，他第一个越过终点线时震惊了世界。经过5天15小时4分钟，61岁的克利夫·扬成为了胜利者。

克利夫获胜的消息迅速传遍了整个澳大利亚。在他这样的年龄、缺乏经验、与世界各国最好的长跑运动员进行竞争的情况下，没有一个人认为他有机会。他成为了一个生命的传奇，整个国家都迷上了这个创造了一个不可能的奇迹的种土豆的农民。谈及奖金，克利夫幽默地说道："10000美元，哇，那是很多很多的土豆呢！"接着，他又做了一件令人们惊讶的事：和其他付出了准备和努力的竞争者一起分享了他的奖金。

1984年和1987年，在克利夫62岁和65岁的时候，他再次参加了跨国比赛，继续使用他的凌晨1点策略。现在这种在凌晨1点醒来的策略，在今天的赛事中已经代替了凌晨5点开始的做法。

克利夫·扬打破了一种范式，克服了自我怀疑，并且做到了世界上没有一个人认为有一点儿可能的事情。更具有意义的是，他创造了自己的命运。他以他的激情创造了纪录，革新了长跑运动的经验模式，给后来的运动员带来了灵感，他没有像其他50岁、60岁、70岁的人被悲观的信念所束缚。

61岁，克利夫·扬在创造自己的命运的同时过上了富足的生活。不管你的年龄和身体状况如何，你都可以掌握你的人生，追赶成功。在任何年龄，你都有力量达到成功，只要你愿意去追赶自己的命运。

普塔的金老鼠

[印] 奥兰·顿德斯　著

庞启帆　编译

安巴尼是全城最会经营生意，也是全城最富有的人。一天，安巴尼去拜访他的一位老朋友。途经一条巷子时，安巴尼看见了一只死老鼠。他笑着对随从说："你们可别小看这只死老鼠。如果懂得利用，它就可以作为创业的开端。一个能干的人可以凭它创造一笔财富。如果他努力工作，处事机智，他就能开创一番事业。"

恰巧路过的年轻人普塔听到了这番话。他认识安巴尼，知道他能点石成金，所以他决定按他的话去试一试。他捡起死老鼠，就往街上走去。也该他运气好，还没走过一条街，一个店铺的老板便拦住了他。"我的猫整个早上都在烦我，我给你两个卢比，你把老鼠给我吧。"说着，店老板掏出了钱。

普塔用这两个卢比买了一些绿豆糕，然后他回家取了一桶饮用水，就在路边守候。他知道，有几个做花环的人每天都会出城去摘鲜花，回来时就会路过此地。果然过不了多久，那几个做花环的人出现了。他们又饥又渴。他们每个人都用一束鲜花换取了一个绿豆糕和一碗水。晚上，普塔就把鲜花拿到街上去卖。用卖花得来的钱，他买了更多的绿豆糕，然后在第二天又把绿豆糕卖给做花环的人与其他过路的人。

就这样过了一段时间。这天，在普塔卖绿豆糕的时候，突然狂风大作，不一会儿就下起了暴雨。普塔赶紧跑到屋檐下躲雨。在躲雨的时候，他发现街道两旁树木的树枝纷纷被大风刮落在地。

差不多一个小时后，暴风雨停了。街道两旁落满了树枝。看着这些树枝，普塔的心不由一动。他把正在街边玩水的一群小孩叫了过来，每人给了一个绿豆糕。很快，孩子们就把街道两旁断落的树枝都搬到了普塔家的门口。随后，普塔找来了陶器匠。正急需柴火烧陶器的陶器匠以优厚的价格买下了这些树枝。

普塔用卖绿豆糕和柴火所得的钱开了一间小茶点店。一天中午，一帮割草工来到普塔的茶点店歇脚。普塔免费给他们享用了绿豆糕和茶水。割草工对他的慷慨很惊讶，就问：“我们可以为您做什么？”普塔笑道：“暂时还没有事，将来用得着各位时还请各位不吝帮忙。”

一个星期后，普塔听说有个马贩子将带着500匹马到他所在的城里出售。他马上找到那些割草工，请他们每人给他一捆草。然后，他又第一时间找到马贩子，把草卖给了马贩子。

时间又过了几个月。这天，正在普塔的茶点店里喝茶的一位顾客告诉普塔，一艘外国的大船将要抵达本市的港口。普塔知道，这将又是他的一个机会。他日夜苦思，终于想出了一个绝妙的赚钱点子。

首先，普塔去一位做珠宝生意的朋友的店里，低价买了一枚镶有红宝石的金戒指。他知道那艘船来自一个不产红宝石的国家。他把这份珍贵的礼物送给了船长。船长非常高兴，就让普塔做了船上所有乘客的观光购物向导。普塔如愿从那些售出商品的商家中得到了不菲的回扣。

　　就这样，普塔做了几年外国游客的观光购物向导，从中赚了不少钱。同时，他的茶点生意的规模也在不断扩大。他没有忘记是谁让他走上这条致富之路。他决定铸造一个金老鼠送给安巴尼。

　　经人安排，普塔很快就见到了安巴尼。他诚恳地向安巴尼献上金老鼠。

　　安巴尼非常惊讶，问普塔："非常感谢你如此贵重的礼物，但我首先想知道，你为什么要送我如此贵重的礼物？"普塔笑着答道："安巴尼先生，是您的一番话让我拥有了目前的财富。"接着，他把自己这几年是如何一步步走向成功的告诉了安巴尼。

　　听了普塔的讲述，安巴尼在心中暗道："这位年轻人实在太能干了，我一定不能失去他。我虽然很富有，但我只有一个女儿。既然他还没成家，我就把女儿许配给他。等我去世后，遗产也交给他。凭他的聪明才干，是完全值得的。女儿跟着他，一定能过上幸福的生活。"

　　普塔很喜欢安巴尼的女儿。安巴尼的女儿也为普塔的聪明才干所倾倒，两人很快就相爱了。若干年后，安巴尼去世，普塔继承他的财产，从而成为了全城最富有的人。同时，普塔也没忘记回报社会。所以，在以后的日子里，人们说起普塔的时候，更愿意称呼他为慈善家普塔。

让气球高飞

朱迎兵

李安的父亲对孩子们期望值一直很高，可李安却让他伤透了心，李安曾两度高考落第，直到第三年，才侥幸考上艺专影剧科。

读艺专时，李安发现他的人生洞开了新的一面窗，在这里，他看到不一样的风景，原来，人生不是千篇一律地读书、考试，也可以在其他方面上尽情发挥自己。他决心在新的领域让父亲引以为荣。在从艺专到大学的十几年时间里，他学芭蕾、写小说、练声乐，甚至是画素描，多方尝试，但直到近30岁了，他还是无所建树。

罗伯特·罗森是一名著名的电影导演，也是李安在纽约大学读硕士时的老师，他对李安的勤奋很欣赏，可又为他找不到方向而焦急。

罗森50岁生日那天，邀请李安等人参加生日宴会。宴会在罗森的纽约豪宅举行，宾主宴后，来到别墅的花园。花园占地很大，里面绿草如茵，鲜花吐蕊。在宽大的草坪上，停放着一个巨大的黄色氢气球。面对众人不解的目光，罗森说气球是租的，他要乘坐着鸟瞰纽约。

罗森拍拍李安的肩膀，要他与自己的家人一起乘上气球。李安、罗森、罗森夫人及儿子等4人来到气球边，他们坐上气球，驾驶员开足了马力，气球发出轰鸣，却原地打圈，无法升空。驾驶员说人多了，罗森让自己的夫人下去了。气球再次发动后，还是不能升起，罗森又让儿子下去。

气球第三次发动，徐徐升上了天空。一朵黄色的奇葩绽放在蓝天，李安俯瞰纽约城的全景，头顶白云朵朵，身边清风送爽，感觉特别美妙。

他扭头准备和罗森老师说话，罗森正看着他，纯澈的蓝眼眸里盛满了笑意，他说："我和驾驶员早就知道，气球只能乘坐两人，可是我还是要我们四人一起来坐。你知道我的用意吗？"

李安困惑地摇摇头。

罗森接着说："你踌躇满志，树立了太多的目标，就像这个气球装了太多人一样，虽然气球有足够的动力，但是它承载毕竟有限，所以不能升空，要想腾空而起，只有请一些人下去，即使那些是我生命中重要的一部分！"

李安恍然大悟。回去后，他把计划中所列的目标去掉了许多，只留下做电影导演这一项。两年后，他终于执导拍摄了电影《分界线》，这部电影作为其毕业电影，荣获纽约大学生电影节金奖及最佳导演奖，他也顺利取得了导演硕士学位。自此，他腾空而起，用一部部电影书写着辉煌。父亲终因他而骄傲。

万事挂怀，会消耗有限的精力。只有删繁就简，确定属于自己的目标，才能让成功的气球高高飞翔。

　　清人刘大魁在《论文偶记》写道："凡文笔老则简，意真则简，辞切则简，理当则简，味淡则简，气蕴则简，品贵则简，神远而含藏不尽则简，故简为文章尽境。"其实，做人做事亦复如是。洞观古今世事，大凡至善至美的，皆是简单的。

翔

闫荣霞

有一个人的经历很"杯具"。他和朋友通电话，外面下大雨，天降神雷，把他劈焦了。

这道闪电至少高达18万伏，电流烙得他浑身黑色纹路妖娆，整个心脏麻痹了三分之一，连专家都说这人肯定没救了。

结果他居然活了。

当他稍微能动，就开始了艰苦卓绝的复健工作。

他哥哥给他带来一本《解剖学》，又用衣架替他做了一个滑稽的头套，把铅笔插在上面，让他能利用铅笔上的橡皮擦来翻书。他对比着书上的图，从手上的一束肌肉看起，集中注意力，和它说话，诅咒它，并试着移动它，哪怕只能移动八分之一英寸，他都非常高兴。

几天后，深夜，他决定下床，身体落地时发出了砰的一声；然后他像毛虫一样蠕动身子，肚皮慢慢转动前进，抓住床边的铁条，被单，床垫，好几次都跌回冰冷的地板，天亮之前，终于又爬回床上，就像攀登山峰一般快乐和疲倦。

除了他自己，没有人相信他可以渡过难关。他竭力呼吸的模样让人觉得他不过是奄奄一息挨日子。有一回，邻居探病，他的模样刺激得人家差点吐他身上。医生说："让他回家过他最后的日子吧！他在家会比较舒服些。"

雷击让他的大脑也受了损伤。有一天，他发现自己坐在餐桌旁与一位女士说话，问："你是谁？"对方一脸震惊："我是你母亲！"

两个月过去了，除夕夜时，他决心自己走进餐厅。从残障者的停车地点起，他用两根拐杖撑着，缓缓地向前移动，他称之为"蟹行"，因为看起来像是半死不活的螃蟹拖着大钳子，越过干涸的陆地。十几，二十分钟后，他终于进入餐厅，累得气喘吁吁，喘气像条狗。傍行的妻子叫了两碗馄饨汤，结果汤放在面前，他头晕目眩，一头扎进汤里面。

医院的账单越积越多，他卖掉车子、股份、房子。他破产了。

他就这样债务压身，满身残疾，因为怕光，出门戴一副焊将用的护目镜，身体歪歪扭扭，看起来像个大问号，穿一件过膝的军用雨衣，撑两把拐杖，卡啦啦地前行，有人说他："那家伙看起来像是正在祈祷的蟑螂！"

有人问他为什么不自杀，他说我为什么要自杀？

当然有段时间他确实很想死，因为实在是太痛苦了。可是他却一直活下来。这个人叫做丹尼·白克雷（dannion Brinkley）。我在网络视频中见到这个人，长脸，络腮胡，声音有些尖细——估计电流让他声带受损，却丝毫也看不出来这个人是个被神雷亲吻的残疾人。

他让我想起君王蝶。

君王蝶，黑黄相间的翅纹，看上去的确有似帝王般的沉稳。它的翅膀轻盈舞动，像流动的彤云。当晚云镶着金边，就有这样的壮观。

它们在飞，在迁徙。得克萨斯州的格雷普韦恩市是君王蝶迁徙的必经之路，上百万只君王蝶途经这里，跋涉3200公里，飞往墨西哥过冬。

它们是蝶，不是鹰。

可是它们中任何一只都不会去想：我是蝶，不是鹰。我会不会失败？我失败了怎么办？我这样做值不值？

还有，每当秋风吹起、落叶初飞，在加拿大刚度完夏天的刺歌雀就成群结队飞往阿根廷，义无反顾，穿山越岭；还有一种极燕鸥，在北极营巢，却要到南极越冬；还有一种鳗鱼从内河游入波罗的海、横过北海和大西洋，到百慕大和巴哈马群岛附近产卵；还有，生活在巴西沿海的绿色海龟，每年3月成群结队地游向大西洋中的阿森匐岛产卵；还有，生活在亚洲、欧洲和北美洲的太平洋、大西洋沿海的大马哈鱼，逆水游泳，突破险阻，一直游到远离海洋的江河上游的出生地；还有，精子。

生命的所有元素都是乐观的。

壮丽的乐观。

乐观是因为有信心，自己是受到恩待和眷顾的一群。

君王蝶不会觉得自己傻，大马哈鱼即使被狗熊衔在嘴里，也不认可自己的失败。老不可怕，病不可怕，灾难不可怕，没有那种壮丽的乐观才可怕。

太阳会照耀而雨会下，动物显然不担心明天的天气状况，会忧虑的只有人类。我们殚精竭虑，追求健康之道，却在追求的过程中越来越因为忧虑健康而变得衰老。

一本书中这样写："来到地球需要相当的勇气。因为你们愿意来到宇宙中这狭小的空间做实验。在地球的每一个人都应自尊自傲。"

那么，就带着自己的自尊、自傲，以壮丽的乐观，像君王蝶一样，穿越生命，振翅而翔。

没有一件事是不幸运的

颜　歌

　　他原本是个播音员，然后在上世纪60年代被派去任美国南部一个城市的一家广播电台的制作经理。可是他却没想到，那里的加油站连各个加油台都将"白人专用"和"有色人种专用"分得清清楚楚，饭店、酒吧、旅馆、戏院、公车站，无不如此。

　　他应邀去当地一家人家里赴宴，冒冒失失地对有良好教养的男主人提出了自己的人权主义观点，结果这家男主人怒气上脸，勉强维持彬彬有礼的笑容，说："我们待我们的黑老弟们真的很友善。"然后问旁边的黑人老仆："老汤，你说是不是？"黑人男仆也只好维持着良好的、训练有素的教养，悄声地说："那是个事实，老板，那是个事实。"然后悄然离开了房间。

　　他对这样的现状如坐针毡，在心里大喊："请把我带离这里吧！"

　　可是他的领域如此专业，离开这儿能上哪儿呢？

　　幸运的是，很快他接到一个陌生人的来电，说他们的广播电台在找一位节目部主任，别人把他推荐过来，说他很能干，最后那个人犹豫地补充了一点："在我们这里，工作的全部都是黑人。"

他不在乎，他大喜过望。就好像从河的一岸游到了另一岸，两个世界形成鲜明的分界线，他在这里学到了别处无法学到的知见。

他很满意，希望一直干下去，可是好景不长，电台负责人不再让他当节目部的主任，而让他去做一个推销广告时间的推销员。真烦！处处吃白眼！工作不再是享受，成了沉重的负担。他再一次想离开，可是再一次被现状绊住了腿。他结婚了，第一个孩子也快出生，他需要钱。

他如此恼恨，以至于把自己关在车里猛捶方向盘，这次不是默默祈求，而是大声狂叫了："把我解救出来吧！"吓得一个过路人拍他的车门，问他是不是把自己锁在里边了。他只好狼狈地硬挤出一个笑容给人家看。

第二天，闹钟响起，他愤怒地翻身要按停，一刹那后背剧痛，好像刀锋插入骨缝。医生上门送诊，说他的椎间盘压伤，要花两三个月的时间卧床。

这下他几乎要大笑了，虽然公司毫不留情地把他解雇，他仍觉得如释重负。

当然，事实上，一个多月后，他有所好转，就得必须找一点儿事做来养家糊口。

他到一家日报社求见总编，说他需要工作，哪怕是洗地板、做工友都行。总编以前也听过他的大名，如今一言不发，安静聆听，过了一会儿，才问："你会写文章吗？"

"我会的，先生。"他回答。

总编说："好吧，你到新闻编辑室负责撰写讣闻、教堂新闻和俱乐部公告——给你两周时间。"

于是，他又有了一份始料不及的新工作，每天忙于写讣闻和教会新闻，修改由不同的社团、剧团、俱乐部等传来的新闻通讯。再没有什么工作比这更能把他锻炼成一个通才了。一天早晨，他的桌子上出现一张便条纸，上写：请接受每周五十元的加薪——他终于成了正式编辑中的一员。

五个月后，他有了第一个真正的"任务"——采访郡政府，这表示不久他就可以第一次地在某篇文章的题目下署上自己的大名。真令人兴奋！

从那时到现在，他的人生就这样像波浪一样在波峰和波谷间来回晃荡，有的时候看上去很倒霉，有的时候看上去很幸运，有的时候明明很幸运，却又很倒霉；有的时候明明很倒霉，却又很幸运，就像一个了不起的辩证法在他的身上具体显现，或者说，他的生命本身就是一个不断转化的、辩证的具象。现在，这个人已经成了著名作家，他的书曾雄踞《纽约时报》畅销书排行榜两年半，迄今已经卖出1200万本，被翻译成37种语言。他的大名印在扉页上，还有他单手托腮，戴着细框眼镜，双目炯炯，长一脸大胡子的照片。这套书叫《与神对话》，它像风暴一样席卷了世界，给全世界的人都擦亮了一双双慧眼——他叫尼尔·唐纳·沃许（Neale Donald Walsch）。

你看，每一件事都是有用的。没有一件事不是幸运，它们打造成一个个的链环，然后联结起来，形成每个人的生命之链，凭靠着它们，你可以一步一步凌峰越谷，走到自己一直想在的地方，那是灵魂的天堂。

人生还有下半场

诗路花雨

吕代豪，从少年到青年，从斗狠打架到加入台湾臭名昭著的黑社会竹联帮，无恶不作。他连续入狱，越狱，台湾38座监狱，他住过14座，前后共被判处有期徒刑38年。他说：我不入监狱，谁入监狱？

在监狱里，他的心里充满绝望和质疑："人生真的有晴天吗？真的有一块蓝天白云属于我吗？"

他把自己后来的变好，归结为还债，还爱心债——还一个陌生女人的爱心债。

这个女人叫陈筱玲，是他同学的妹妹，为了拯救他，连续给他写了500封信。一直到第249封，他都没有感动过。

信继续写，他继续逃。然后被抓，接着被关。关在重犯监狱里还雄心不减，想越狱后当国际杀手，为此苦读英文。

吕代豪隔壁监舍，关押着台湾黑帮"三光帮"的老大林民雄。因杀人判刑——一个在监狱里，还可以指挥外面一天挣100万台币的黑帮老大。有一天，林和吕聊天10分钟后，林说不舒服，就回去了。一会儿工夫，吕代豪被告知，林猝死。吕过去，打他耳光，按压胸部，最后眼睁睁地看着几个月前进来的林民雄被抬走。

吕代豪失眠一夜，不明白人生为什么如此短促脆弱。"我心里感到饥渴，想抓住一个可以依靠的东西。"他说，"想到从少年到青年，一直在犯罪漩涡里打转，换来的只是牢狱。我感到辛酸。"吕代豪，打杀数年之后，突然体会到狂徒末路的感觉。

这时候，第250封信来了。信很平常，与陈筱玲的其他信函无异，却让吕代豪泪流满面。陈筱玲信中说："衣服脏了，用肥皂来洗；人的灵魂污秽了，需要用什么来洁净呢？"

那一刻，他看到了心灵里的阳光。在他的带领下，这些作恶多端的人开始端坐，牢房里没有了吵架和斗殴。吕代豪精通英、日文，喜欢写文章，开始给《中国时报》《联合报》副刊写文章并发表。吕代豪重获自由。在飞往台北的飞机上，他在蓝天白云间痛哭。

机场，迎接他的是给他新生的陈筱玲。

家门口，迎接他的是曾痛恨过他的父母，他们泪流满面。

1981年9月，吕代豪接受华侨界著名的传教士吴勇的建议，开始了神学院学生的生涯。

神学院二年级时，家乡大灾。他被神学院派到他曾经祸害过的家乡五股乡服务。但他被讥笑、辱骂、吐口水、扔石头。没有人相信一个屠夫真的能立地成佛。

吕代豪忍受着家乡人"暴力"的待遇，日子过去了，他得到了回报：五股人原谅浪子，"欢迎你回家！"

1990年，吕赴美国求学，在美国取得教育学和神学博士学位之后，在台湾神学界和华人基金会的帮助下，吕代豪建立了拓荒神学院并出任院长。自此，他的足迹遍布世界60多个国家和地区，他向人们诉说"杀手"是如何转变为传教士的。

"我以自己的坏为书，让那些坏的人们寻求从善路径。"吕代豪说，"人手上沾了血和罪恶，是永远不能从心里洗干净的。我时刻记着，我做的一切是在救赎自己。"

"人生的上半场打不好没有关系，还有下半场。只要努力。"

是的，只要肯回头，只要肯努力，人生真的有晴天，终有一块蓝天白云属于你。肯这样想，这样做的人，别说一座小小的监狱，哪怕整个世界为狱，都没有办法关得住你。

只需几粒扣子

权 且

那天整理衣柜，我从最深处拎出了一件长袖无领的黑上衣，不由叹了口气。

其实，我特别喜欢这件衣服，尤其是领口镶着的几粒黑色毛球，非常别致，可惜洗第一水的时候不慎丢了三个毛球，再也找不回来，于是这件新衣裳变旧变残，被我压在了箱底。

侄女恰好在一家服装店打工，说能有办法。晚上她带回一些服装店的备扣，红黄蓝绿色彩缤纷，我从中挑出三粒黄色的，在剩余的毛球中相间地缝上去，权且试试。缝好穿上，没想到先生和侄女齐声叫好，女儿更是双眼放电："妈妈真漂亮，爱死你了！"一照镜子，我也呆了，领口这圈黑黄相间的毛球和扣子，把衣服衬托得既庄重又俏皮，整个人也显得格外漂亮。没想到本要丢弃的东西，只需几粒扣子，又成了一件宝贝。

我不由想到自己。嗓子坏掉已经三年，这三年，我也完成了生命从失落到再生的转变。

三年前，我是名优秀老师，一心想着千树万树桃李开，等我老了，满脸皱纹，弟子已经遍布全国各地，逢年过节，团团围绕，我老眼昏花，听他们一个个报上名来："我是治国！""我是马晓翠！"

谁知道劳累过度，一夜失声，我再也不能登上讲台。本来圆满顺遂的生命，陡然出现一个黑洞，仿佛要将我吞噬。被深重的失落裹挟着，我看不清前路，食不知味，睡难安寝。有时我跟先生开玩笑："如果我因此失业，对不起，只好让你当废物一样养起来，好在我吃得不多，以后还可以少吃些，不喝茶，不喝饮料……"边说边掉眼泪。

眼看着自己的生命哗哗流逝，特别不甘心。朋友鼓励我拿起笔，从没有路处挖出一条路来。于是我写稿，看书，拆读退稿信，再写稿再等待——丧气，疲累，自我怀疑，遭遇巨石滚下山坡的失败劲儿像西西弗斯，跌跌撞撞，连滚带爬，咬牙坚持的艰辛劳累也像西西弗斯。

如同大火烧毁的草原上新芽渐生，我的生命渐渐放出微光，稿子越发越多。我和家人都宛如绝处逢生般快乐起来。以前我是妈妈，是妻子，是老师，现在又多了一项头衔：宝贝。不仅先生把我当宝贝，我那小孩跟别的小朋友说起我，也把胳膊尽力张开，夸张地大叫："我妈妈是大作家，像天这么大！"那一刻，我感动得流泪。只因不肯放弃，才有幽暗后的光明。

曾读到一篇文章：2004年5月23日晚，青岛天泰体育场，在1.2万余名观众暴风雨般的掌声中，一个"半身人"坐着滑板，"飞"到主席台右侧，一个灵巧的急刹车，他又掉头滑了回来。还没等到观众从惊讶中回过神来，他已经用双掌一步步"走"上讲台，并在演讲桌上来回"踱步"。

他是一个澳大利亚人，叫约翰·库缇斯，出生时两腿畸形，天生下肢就没有发育。医生断言他活不过当天，可是他活到了35岁依然健在。他坚持用手走路，是全澳洲残疾人网球赛的冠军，游泳好手，甚至会开汽车。他曾到过世界上190多个国家演讲，被誉为"世界上最著名的残疾演讲大师"。

这是一个强大的钢铁世界，无论一件衣服还是一场生命，都会有不期然的损坏甚至伤残，但只要不肯放弃，就能变换一种新面目焕发光彩。看似无路的绝望，许多时候是荒草掩着小径，只要肯荷锄振衣，深入进去，就能寻出路来。

一件衣服都可以凭借几粒扣子起死回生，一个人也可以从无办法中想出办法来。尼采说："树的枝叶越茂盛，它的根就会向黑暗中扎得越深。"或许，我们也能这样理解：树的根向黑暗中扎得越深，越能得到更多的养分，生命的枝叶越能欣欣向荣。

每一步都是整个人生

邓博文

　　他出生马里兰州，他的祖先来自于澳大利亚。他父母是个老实巴交的农民。在家里，他排行老三。

　　因为家境不好的缘故，父母很早就打算让他弃学，但遭到了两个姐姐的强烈反对。在他的记忆中，那次两个姐姐和父亲吵得很厉害，大姐甚至一度提出让自己来资助弟弟读书，这一方案最终没有得到父亲的首肯。

　　虽然吃的都是咸菜干饭，但是他的身体却在猛速增长，六岁时，他的身高已经达到四英尺三英寸，这让他感到很烦恼，但是细心的姐姐发现了这一变化，认为他将是罕见的游泳天才。于是她想方设法地弄了一些游泳方面的杂志给他看，并利用一切闲暇给他灌输相关知识。在姐姐的影响下，他对游泳变得近乎痴迷起来。

　　然而当他把要立志做一名游泳队员的想法告诉父亲时，却遭到父亲强烈的反对。原因是他的两个姐姐已经是游泳队员了，巨大的开销早就让这个贫困家庭感受到前所未有的压力，在经济低迷的一段时间里，父亲不得不靠卖血来维持家用。父亲当场就给了他一巴掌，父亲冷笑着说："你这个傻瓜，你知道白痴是怎么出来的吗？就是像你这样想出来的，游泳？你以为人人都是天才，别做梦了。"

但父亲的打击并没有使他退缩，他和姐姐一起走到了游泳池里，也许是初次涉水，姐姐觉察到他的恐惧，便允许他仰在水上四处飘浮。毫不奇怪，他最先学会的游泳姿势就是仰泳。

随着涉猎的书籍多，他的眼界变得越来越宽了，一方面他每天坚持到游泳池里训练两个小时，另一方面，他心中正在勾画一个理想的大概轮廓，终于有一天他迫不及待地把这一想法告诉父亲，不想却招来父亲的一顿嘲笑："冠军？还要环游世界？你以为你是天才啊，别痴心妄想了，还是好好念你的书，将来找份工作养家糊口吧。"

然而他并不甘心做一个碌碌无为的人。在姐姐的指导下，他总能轻松学会别的少年所不能掌握的技巧，他十一岁那年，姐姐把他推荐给鲍曼教练。

鲍曼在观看他在水池里杰出的表现后，迫不及待地赶到他的家里，对他的父母说："他的天赋极佳，他的潜力是无限的，让他跟着我吧。"同样的话语，父亲也听过很多次了，而同时这一年，他成了一名警察，妻子也当了老师。因为经济条件的改善，他也没再阻止教练的请求。

经过坚持不懈的努力，他终于将自己的理想一一变成了现实。2001年，他打破了200米蝶泳世界纪录，成为最年轻的世界纪录保持者，并赢得了"神童"的美誉。2003年，他接连5次打破世界纪录，当之无愧地被评为年度世界最佳男子游泳运动员。2009年，在北京奥运会上，他更是独揽七金，被人称为世界泳坛上的"一哥"。

是的。他就是被人称为游泳运动历史上最伟大的全能运动员，美国游泳队头号男明星的"金童"菲尔普斯。2008年，他带着一家人开始了环球旅行。而最后一站就是长城。想起同年的往事，他感慨万千，他站在城墙上对父亲说：亲爱的爸爸，还记得你小时候你经常嘲笑我不要痴人做梦，但你的儿子很争气，不但成为了世界冠军，也实现了当时立下环球旅行的誓言。"父亲紧紧抱着他，热泪盈眶，父亲说："孩子，我永远为你而感到自豪。"

后来有记者问他，是什么力量让他将自己的理想一一变成现实的？他说："我憎恨失败，所以没有人比我训练更刻苦。我知道要实现理想，只能一步一步地走下去，因为我的每一步都是整个人生！"

每一条弯路都是财富

李红都

很长一段时间，她都觉得自己不够顺利，一直在走弯路……

从高职院校毕业后，她作为仅被录取的三名女生之一，走进了一家重大型轴承厂的磨工生产线。尽管那是外人羡慕的好单位，可进去了，她才知道，虽然收入不错，但那里的机床都是几米高的庞然大物，不适合女孩子去操作。因为干不动，站在庞大的机床下，她常背着人流泪。

硬撑了三年，再也撑不下去了，她调到一家生产小型滚动轴承的工厂，做了一名工序抽检员。

干了抽检，她惊喜地发现，自己似乎天生就是干检测工作的料儿，无论师傅教她什么，教一次，她就能学会。喜得师傅人前人后地夸她聪明。

有人悄悄"点拨"她："找机会，直接调到环境好些的工序上干抽检，固定一个岗位，不用杂七杂八学一大堆，省时省力，不走弯路。"

看到好几位资深的抽检员都是一个岗位一干就是十几年，她也暗暗希望能固定在后道工序上干终检。

可是不知是为什么，领导却让她一道接一道工序地轮着干，要求她掌握滚动轴承所有工序的抽检要求。

她被分到噪音最大的冲压工序当抽检，刚学会，她又被调到软磨工序，后来，又去干基面工序的抽检……她的脑子几乎没有闲的时候，总是一样新工艺学会了，又被调到另一个工序。

师傅开导她："你走的路有点弯，但你会的也多些啊。"她不置可否地点点头。

几年后，公司传来报考技师的消息，那时，她已取得了检测专业高级工的资格，就想试试运气。

听说技师考试考得范围很广，不仅限于她所熟悉的那类产品的工序抽检，为了顺利通过考试，业余时间她便到其他单位拜师学习。考上了技师，可是工资并没有同步涨起来，别人都觉得她费了那么多准备时间考这个，还交了几百元的报名费，实在不值。她觉得自己又走了弯路。

单位派她参加行业检查工大赛，比赛时遇到了一些特大型轴承检测方面的知识，好多选手因为没干过，不熟悉，在这个关上卡了壳，唯独她很快就检测出了结果，那时候，她就知道，大型的轴承是把仪器拿到机床上测量，这与其他小型轴承产品的测量方法截然不同。

更令她惊喜的是，检查工大赛实践操作涉及的范围很广，以前她所羡慕的那些固定在一道工序上一干就是十几年的资深检查工，在测量不熟悉的工序产品时面面相觑，而她却知道这个活该怎么测量？塞尺怎么塞那个游隙？拿起理论试卷，她也答得相当顺利：什么是轴向？什么是径向？桥尺如何使用？游隙如何测量……这些知识，报考技师时，她都学到了。

那一天，她欣喜地发现，原来，之前走的"弯路"让她看到了更多的风景。原来，多一份经历，就多一份经验；多学一点儿技能，就多一份优势！那一次，她从来自全国机械行业的七八十个选手当中脱颖而出，以理论成绩第一，实作排名第二，总分第一的好成绩荣获全国机械行业首届轴承检查工技能竞赛"机械行业技能标兵"的称号，并被评为公司第一批"首席员工"，她学习和钻研技能的劲头更足了。接下来，她又凭着丰富的技术经验，顺利地荣获市级"优秀专家"称号，成为公司第一位当选专家的女工。

如今，她已是一位深受众人尊敬的技术权威，那些被她抱怨过的"弯路"，在她看来，都成了一笔笔宝贵的财富。

原来，每一条弯路都是为了让我们看到更加开阔的景色，让我们历练出更开阔的胸怀和更有价值的人生。

第五辑

知道美好，变为美好

看到软弱，就知道坚强是什么；因为狭隘，知道了什么是广博；因为有了自私的存在，那无私如同黑绸面上的白牡丹，更鲜明地被表达出来；活在阴暗里的人，更强烈地知道光明的模样。世道纷纷乱，花儿乱乱开，这是一个二元相对的世界。脚插污泥浊水，更能助得叶头净莲开。

生活的真相

[美] 朱莉娅·贝尔德　著
孙开元　编译

　　曾几何时我经常好奇，不知道得了癌症会是啥感觉。想想吧，你身上带着一个正在要你命的东西，它长在你的骨头或者器官的里面或旁边，又大又丑。你想无忧无虑地生活，却没有意识到身体里面正在造反。

　　不过我没想到自己真会得癌症，至少前二十年是这样。我一直身强体健，定期练瑜伽，并且在悉尼房子附近的海边一游就是两公里，有一阵子，我一边照顾两个年幼的孩子，一边在电视台主持节目、写书。

　　但是现在我体会到了，得癌症就像是身上坠了个孩子。某个周末，在身体里悄悄生长的肿瘤突然开始膨胀，让我的肚子鼓了起来。

　　这个感觉很怪，在接下来的几个月，我觉得自己像气吹的一般，衣服越来越小。我很疲惫，但医生说那是因为我工作压力大。然后，六月的一个星期六，我感到身体疼痛难忍，只好去医院检查。

　　走路的时候，我感觉和怀孕时差不多，五脏六腑都在受压迫，互相挤成一团。有时候精神恍惚，觉得肚子里有踢动感，手会不自觉地放在肚子上。然后我才想起，自己并没怀孕。

我的肚子里不是有个宝贝，而是在下腹和脊柱之间长了篮球大的异物。不久，我走路开始摇摇晃晃起来。

医生做出了初步诊断：恶性卵巢癌。我问手术医生病情，医生告诉我："我必须对你说实话，朱莉娅。所有的迹象表明，你的病情相当严重。"我等了两个星期做手术，不知道自己能不能活到年末。

当你面对那样一个诊断，你的世界就窄成了一条线。突然之间，几乎没有任何事情对你来说是重要的了。我把医生的话告诉了家里人和一些好朋友，然后就闭门不出。

每天早上，我会在恐惧中醒来，预想一下自己的死期，然后才起床，打理儿子和女儿上学。一天，我正给孩子们做三明治，医生来了电话，说我肿瘤似乎已经转移到了肝上。我切好了三明治，紧紧地拉着孩子们的手去了学校。

手术前两天，我就关了手机和电脑。我使劲儿地祈祷着，心里平静了一些。我感觉自己如同一朵花儿收起了花瓣，蜷缩着等待黑夜的到来。

癌症的诊断，会给人一种难言而又孤独的无助感。如果跑遍各个医院，没有任何方法能治好肿瘤，那就只能手术。我的手术做了五个小时，肿瘤完全摘除下来，但是术后情况复杂。我在重症护理区住了八天，身旁是密密麻麻的电线和嘀嘀作响的机器。药物让我出现了幻觉，看人有三个脑袋。

我对护士产生了深深的依赖，感激她们的善良，想不出还有什么比护士更重要的工作。我和手术医生也建立了深厚感情，他高兴地发现，我的肿瘤不是恶性的，我得的不是卵巢癌，但是我得的是另一种罕见癌症，这种癌症会复发，但不是恶性的，患者的生存率比较高。

我的身体慢慢地变得强壮起来，我可以再次直立行走，也不会夜里疼醒了。现在，我可以开车上班了。这个星期的血检显示，我的身体没有了癌症迹象。不过贯穿我的躯干的伤疤留了下来，它时刻提醒我保持警惕。回到正常生活，我对世界有些陌生。

走出医院后，我忽然发现，所有人的焦虑似乎都是愚蠢的。我看到人们在社交媒体上发着满腹牢骚，有的人是因为得了感冒，有的人不满意政治，有的人抱怨老板，我想对他们大吼一声："你们还活着！"活着就是幸福，特别是如果你能直立行走、又能没有痛苦地轻松活动，活着更是一种幸福。我的身体还没有完全康复，不过我对老辈人说的三个生活真相感触更深了。

第一，安宁和信念能给你强大的力量。烦躁不安只能空耗你的精力，我不希望自己生活在困惑之中。相反，我求助于上帝，并从中体会到了古希腊哲学家所说的"心灵的宁静"。

第二，当你看上去像个鬼似的，就走过来帮你擦擦眼眉的人、逗你笑一笑的人、讲故事给你散心的人、给你做饭吃的人，或者坐20个小时飞机，只为了抱你一下的人，是你生活中最难得的贵人。而且，家庭是你的一切。

第三，我们不必归隐山林才能"活出自我"。每一天都如同是生活中最后一天那样生活，那样做不可能，也会让你疲惫不堪。

几天前医生问我，我在手术之前是怎样使自己平静下来的。我告诉她：我祈祷、我把负能量拒之千里之外、我将家人和心胸开阔并且讲求实际的人拉到身边、我努力活出自我。她说："你在余生里的每一天，都应这样做。"

没时间寂寞

古 越

　　李大爷是十年前住到我们这个小山村的。

　　村子隐匿在离县城六十多里的西山里，被层层叠叠茂盛在山坡上的大树遮着，沿着村里一级一级的石阶走到山坡底下，是一条曲折的鹅卵石小路，小路两边长满绿油油的草，草丛间开着各色小花。小路迂回过一座小山包，寻到一口水井停住，牢牢地守护着它，井里的水，甜到人的心窝里。

　　当年，李大爷就是先看了村子里的树，又喝了那口井里的水，才下决心和老伴来此安度晚年的。

　　李大爷租了村西一户人家闲置的院落。院子因多时没人居住，已显破败。李大爷拖着瘦弱的身子从整修门前的路开始，他和老伴像两只忙碌的蚂蚁，叮叮当当收拾着新居，过起了山里人的生活。

　　李大爷打算用一个月的工夫，把门前那条被雨水刨成"花脸"的小路，拓宽整平。每天吃过饭，喝过一壶茶，李大爷就背起篓子，下到坡底捡拾圆溜溜的鹅卵石。坡底原先是条河，后来留下一滩鹅卵石，走远了。捡满半篓子卵石，李大爷就要返回了，要不，他的身子骨吃不消。老伴一路陪着他，正是秋天，老伴像调皮的小姑娘，翘着脚尖摘一大把红红的小酸枣，一颗一颗塞进李大爷的嘴里，李大爷嚼嚼，"噗"地吐出枣核，又仰着头吼上两嗓子京剧，老伴就在一边止不住地乐。天在更高的地方，有白云，地里的棉花一样飘在天上。

李大爷在路上歇三次脚，就到了门前，把鹅卵石填进门前的沟坎里。渐渐地，门前就像模像样地出现了一个平整的开阔路面，穿着老布鞋走在上面，脚底被硌得痒痒的。李大爷又托人买回水泥，将薄薄的水泥灰浆灌进鹅卵石缝隙里，鹅卵石就静静地守在那里，再大的雨也没奈何了。

李大爷在坡底开了一片小小的菜园，老伴春上种菠菜、豆角、黄瓜、西红柿，头伏上种萝卜，末伏上种白菜。菜园里一年四季飘着青菜的香气。李大爷这些年，都是吃自己种的菜。老伴说，自己的菜，纯正绿色，吃着放心。李大爷的菜，其实有一多半是送给了左邻右舍的。这些年，他早已成了一个朴实大方的老农民，和左邻右舍处得跟一个人似的。

那年，山坡底下的一棵大柿子树被人砍掉了，李大爷路过时，围着硕大的树根转了两圈，笑眯眯地对老伴说，这不正是上好的茶桌嘛！他雇了几个大汉，把树墩挖出来，运到家里。又请木匠师傅把支支棱棱的根削掉了，然后，刷上清漆，一个散着香气的原木茶桌就做成了。李大爷又买来几个小树桩，锯成三十公分高，老伴在上面钉上一针一线绣好的软垫，四五个古香古色柔软舒适的小凳子做成了。李大爷拿出从城里带回的好茶，泡了，邀左邻右舍农闲的时候来喝茶，大家围着茶桌，说东道西，天南海北，呵呵地乐。茶桌就安在院里的大楸树下，楸树的叶子哗啦啦地响，这是李大爷百听不厌的歌。

乡邻们只知道李大爷是从大城市里退休的，退休前是工程师，工程师是多么神圣的字眼啊，高不可攀的样子。没想到，李大爷这么朴实、平易。乡邻们便常聚到他家里拉家常，听他讲山外的故事。

日子一天一天，转眼七年、八年、九年过去了，如今已经是第十个年头了，初来时，瘦弱憔悴，病恹恹的李大爷现在脸膛红润，精神矍铄，身子粗壮了不少，真有点鹤发童颜的味道了。

近些年，常有陌生人找到李大爷，他们穿着高级休闲装、运动鞋，戴着遮阳帽，背着大包小包，他们在李大爷的院子里左看看，右瞧瞧，忍不住问："老人家，您在这里一住十年，不寂寞吗？"

李大爷哈哈一笑说："背水、浇园、挖野菜、植树、修房、给山外的人做导游……我哪有工夫寂寞啊……"

其实，十年前，李大爷决然来到乡下，还有一个秘密：那年，他刚被医生查出了癌症，医生说，最多活不过五年的。

父亲的忠告

[美] 罗莎琳·拉塞尔 著
孙开元 编译

在我13岁那年，一个阳光明媚的下午，爸爸告诉了我一句话，这句话至今仿佛依然响在耳边。

那时的我又高又瘦，像个烟囱清扫棍，站在离家不远的康涅狄格州海边的一座跳台上。我们正举行一场假期跳水比赛，在朋友们的鼓励中，我进入了决赛。

另一名进入决赛的选手刚刚跳进水里，她不但跳水技术相当的棒，而且她已经17岁了，有着维纳斯般标致的身材。我羡慕地注意到，场上所有的掌声都是送给她的，这不禁让我恼火起来。当她从水里游上来时，迎接她的是观众们的口哨声和欢呼声，这不只是因为她跳得好。在她面前，我有些自惭形秽，觉得自己不配和她比赛。

这时，就在众目睽睽之下，我的泳衣上身的关键扣子突然崩开了！我没有请裁判给一点儿时间去换泳衣，而是以这个意外当借口放弃了比赛。我用手握着胸前的泳衣，双脚朝下从跳台上跳进了水里，当然也就立刻输掉了比赛。

我爸爸正在一条小船上等着我，把我拉上船后，他没有安慰我什么，而是说"罗莎琳，你一定要记住一句话：放弃者绝不会赢，赢者绝不会放弃！"

"放弃者绝不会赢"，此后，在我想证明自己不比身边的男孩子差时、在我从干草棚上跳下来摔断了腿时，我都低声对自己说着这句话，这句话伴随着我成长起来。

多年后的一天，我走进了纽约一间小排练室，来这里学习舞蹈课，为在一个音乐喜剧里扮演角色做准备。舞蹈训练很难，我感觉自己永远也学不会似的。"这个音乐节奏快，恐怕你的腿太长，跟不上。"教练不耐烦地说。

我气得满脸通红，拿起夹克就往外走，这时，我突然想起了跳水的那一天。我把夹克放了回去，站在自己的位置上继续练习，练到我的双脚都麻木了，但我最终掌握了这个舞蹈动作。

和很多简单的道理一样，在我遇到的麻烦越大的时候，就越是感到他这句话的深刻。后来我去了好莱坞，事业刚见起色，就陷入了最可怕的低谷。那时我很长时间都是在扮演一个职业女性，但我觉得自己的未来是在喜剧角色中，可是没一个人想要给我机会走出困境。一天下午，我感觉再也受不了了，就去找导演。"我已经是第19次扮演这个角色了，演恶心了，"我抗议说，"我无法再从这个角色里学到任何东西了，就连我每次上台用的桌子都是一样的。"但是导演根本没心思听我的话。

后来我看到出现了一个扮演喜剧角色的机会，就一次又一次地央求着要演这个自己喜欢的角色，为了让我闭住嘴，导演终于给我安排了一次试镜。我按导演的要求，以四种不同的角度来试演这个角色。试镜结束后我问他："我可以演吗，只一次，以我的方式。"

我曾经一连几个星期在更衣室的镜子前以"我的方式"练习过，虽然我不敢肯定自己有机会扮演这个角色。现在导演回答："罗莎琳，你演得还真有些感觉。"于是，他让我在电影《女人们》中扮演西尔维娅，这个角色为我在事业中开创了一个全新的时期。

爸爸的这句箴言在我的个人生活中也在一直支撑着我，我以前从不知道"病"是什么滋味，可在我的儿子兰斯出生后，疾病就成了我的常客。在我的健康每况愈下的时候，老想用酒精和催眠药来麻醉自己。"放弃有什么不好？"我问着自己，"我应该认命。"

但是我再一次想起了爸爸的那句话，没有沉沦下去。经过了四年的休养，我又回到了正常的、积极的生活。

后来，我出演过许多部电影，作为肯尼修女基金会的联合主席，我每周还要抽出一些时间去那里做工作。在忙碌中，我忘记了自身的烦恼。和那些我在医院里帮助过的患有小儿麻痹的孩子们相比，我自己的任何麻烦都显得微不足道。

我始终在心里感谢着爸爸，在我13岁那年跳进海水中时，是他把我拉了上来。没有爸爸那句箴言的指引，我不知有多少次会在生活这座海洋中茫然飘荡。

草的六种死法

马 卫

你知不知道草有多少种死法？如果不知道，那么我来告诉你：草有六种死法，这是母亲告诉我的。

母亲在世时，她老人家一再告诫我们兄弟姐妹，如果你一辈子不明白草为什么有六种死法，你就无法成大器，成为人中龙凤。不幸的是她老人家言中了我的一生：大学毕业，别人留城，我被分到老边穷的大巴山，当我好不容易回到都市，同学们早成了科，成了处，还有一位成了直辖市的部门领导。而我正如一棵草风雨中飘摇，不知饭碗在哪里？是我学识不行？是我品行不端？是我处世太差……都不是，是我没有弄清草的六种死法！没有官欲权欲利欲的我，想给后人留下点可以资鉴的东西，便把母亲的教诲记下来。

草的第一种死法很平常：缺水而死。天旱，草比树先死，因为草忘了蓄水，它也蓄不了多少水，人们在救灾时也不会给野草闲花浇水，这时的草除了死，还有第二种选择吗？我们天生就是小角色，人们忘却你就如忘却草，你有什么想不通的呢？即使绿茵茵的春天，草也不是主角啊，何况在旱季里。

草的第二种死法，是被农人除掉。薅草是为了给庄稼更多的阳光和养料，草不让行吗？哪怕草从没有挤占过禾苗的一滴水，一缕光，但不会有让草分辩的机会，命中注定要成为牺牲品，一刀之下，一锄之下，草的命就完蛋了。不会有人怜惜，不会有人掉泪，林妹妹也不会。当你被认为对他人构成威胁时，除掉你的人绝不会手软。

草的第三种死法是被晒死，我们见到的好多枯草就是被晒死的。烈日之下，草还未作好准备，那如火如荼的太阳就烤来，尽管这种死法很阳光，看不见任何阴谋的痕迹，其实，在什么时候晒，是精心安排了的，只是死了的草不知道罢了。阳光下的死法无话可说，这便是多少英雄欲哭无泪的伤心之痛。

草的第四种死法是借给禾苗给果实打药时被毒死。尽管打药者也明白草上没有危害禾苗和果实的东西，但除掉草是既定方针。打药者在假设：你现在没长虫，但能保证永不长虫？你现在没有危害，你能保证你将来永远没有危害？你现在不危害禾苗，能保证子子孙孙不危害禾苗，为排除万一，先药死你再说。

草的第五种死法是挤死。草生草长当然不像庄稼那样有计划有步骤，往往是一窝蜂而上。什么草都杂在一起，疯狂地生，疯狂地长，于是相互间你恨不得多吸一口氧，我恨不得多吸一滴水，他恨不得多得一粒肥。你想掐死我，我想谋杀你，整天都提心吊胆，相互倾轧，到头来大家伤痕累累，大家都好命不长。

草的第六种死法简单极了，就是荒死。周围的树太多，周围的禾苗太多，小草找不到生存的阳光和养料，在孤独中枯了，成了一星泥土。没有花香，没有树高，确实无人会记起默默中的小草。许多时候，我和朋友们在想：为什么我们就是草，而别人生来就是树呢？当我每次读到：王侯将相，宁有种乎？就有种莫名的激动和快乐。

　　母亲活到七十三岁，她一字不识，但她总结了草有六种死法，却蕴含了深刻的道理，因为她的一生就是一棵草，她用生命在总结。我不知道我能从中学到什么，但我钦佩母亲，这是一个农人的哲学……

信任改变一个贼的命运

〔印〕鲁斯金·邦德　著
庞启帆　编译

　　遇到安尼尔时，我还是一个贼。虽然我只有15岁，但我已经是一个经验老到的"三只手"。

　　当时，安尼尔正在兴致勃勃地观看摔跤比赛。他大约25岁，长得又高又瘦，看起来很随和，也很仁慈。这样的人是我的最佳目标。

　　我靠近他，奉承说："你看起来有点像摔跤手。"我尽量让自己的表情看起来想跟他交朋友。

　　"你也是。"他答道，然后就把我晾在一边。我尴尬地笑了笑，因为我也很瘦。

　　"其实，我和别人摔过跤。"我笑道。

　　"你叫什么名字？"

　　"哈里·西恩。"我说。

　　其实，哈里·西恩并非我的真名。每个月我都给自己取一个新的名字，这样可以减少警察对我的注意。

　　接着，安尼尔津津有味地说起了那个表现良好的摔跤手。我没有说得太多。比赛结束后，安尼尔离开。我紧跟了上去。

　　"再见。"他说。

我给他我最真诚的微笑。"我想替您工作。"我说。

"但我没钱付你薪水。"

我沉默了一会儿。也许我看走眼了。但我还是不死心，继续问道："您可以免费提供伙食吗？"

"你会做饭吗"

"会。"我又说了谎。

"如果你会做饭，那么我可以管你吃饭。"

他把我带回了位于赞木纳大街的家。他的家很狭小，我只能睡在阳台上。我没有介意，因为我并没打算长住。但那天晚上我做的饭一定非常难吃，因为安尼尔把饭赏给了一只流浪狗，并且叫我离开。

我赖着不走，并且装出一副可怜兮兮的样子。他无奈地笑了笑。摸摸我的头说："没关系，我可以教你。"令我没想到的是，他还教我写我的名字，并且说，将来还会教我数学以及写文章。说实话，我打心里感激安尼尔。因为我知道，一旦我接受了教育，会写文章，我就不会是一个被人谴责的小偷了。

给安尼尔工作是很愉快的。早上泡茶，然后去买一天的必需品。通常，一天我扣下一个卢比。我想安尼尔知道我以这种方式赚了一点儿钱，但他从不说穿。

安尼尔赚钱断断续续。这周能拿一笔钱，下周则可能颗粒无收。他总是担心他的下一张支票。但支票一到手，他就会出去庆祝。他的工作就是给杂志写文章———一种奇怪的谋生方式。

一天晚上，他带着一小捆钞票回家。他说他刚把他的一部书稿卖给了出版商。睡觉前，我看见他把钱藏在了床垫下。

我已经差不多给安尼尔工作一个月，自从来到他家后，我就没干过我的老本行。每天我都有机会行窃。安尼尔已经给了我一把钥匙，我可以随便进出他的家门。他是我遇到的最信任我的人。

但这正是难以下手的原因。偷窃一个贪婪的人容易，因为你觉得他活该被偷；但偷窃一个粗心的、信任你的人很难——有时他甚至不知道他已经被窃，而且还乐呵呵地出去工作。

但是，我觉得是做我的本职工作的时候了。我对自己说："我在用另一种方式帮他花钱。"如果我不拿走那些钱，他也只把它们浪费在他的朋友身上。而且，他从未付过薪水给我。

安尼尔睡着了。一缕月光越过阳台，落在他的床上。我坐在地板上，考虑自己的后路。拿走钱后，我就坐22点30分的火车去勒克脑。就这样。

我慢慢向安尼尔的床爬过去。安尼尔睡得很安详，没有丝毫的设防。看着他的脸，我的心在微微颤抖。

犹豫了一会儿，我一咬牙，把手伸进了床垫下。没费什么工夫，我就摸到了那捆钱。我轻轻把钱拖了出来。就在这时，安尼尔翻了个身，脸朝着我。我一惊，迅速爬出了房间。

到达火车站时，我没有去售票处（长这么大了我还没买过火车票），而是直奔月台。前往勒克脑的火车刚刚启动。

速度还很慢，我完全可以跳上去。但我犹豫了——我也无法解释是什么原因。最终，我错过了离开的机会。

火车离站了，我发现自己一个人站在空荡荡的月台上。我不知道该在哪儿度过这一晚上。我没有朋友，我唯一真正认识的人就是那个被我偷了钱的人。

离开火车站，我漫无目的地走着。夜深了，有点冷，还下起了小雨。不久小雨变成了大雨。我躲进了钟楼里。大钟的指针显示已经是半夜了。我摸了摸那些钱。它们已经被雨水湿透了。

安尼尔的钱。第二天早上他也许会给两三个卢比去看电影，但现在他所有的钱都在我手上。我不能再给他做饭，不能再跟他学更多的知识。

在偷窃的兴奋中，我已经忘记了这些。我知道，知识也许将来有一天就能带给我更多钱。偷窃很容易来钱，但是可耻，而且整天担心被警察抓。对于一个真正的男人，一个聪明的、受人尊敬的男人来说，需要的是别的东西，而不是偷窃。我应该回到安尼尔那儿去，向他学习获得受人尊敬的东西，我对自己说。

我带着紧张的心情回到安尼尔的家。安尼尔仍然在酣睡。我拿着那些钱，蹑手蹑脚走到床头。我感到安尼尔呼出的气息喷到了我的手上。我站了大约一分钟，然后我摸到床垫的边缘，把钱放到了床垫下。

第二天早上我醒得很晚。当我从地铺上爬起来，发现安尼尔已经泡好了茶。他把手伸向我，两根手指间夹着一张50

卢比的钞票。我的心一沉。我想我已经被发现了。

"昨天我赚了点钱，"他说道，"从这个月开始，我可以给你支付薪水了。"

我松了一口气。但当我接过钱，发现钱还是湿的。

"今天我们开始学造句。"他说道。

安尼尔什么都知道。但他的言行与眼神告诉我，昨晚仿佛什么也没发生。我对安尼尔报以最真诚的微笑，安尼尔也回报我同样的笑容，没有丝毫的做作。

只要转换视角，就能翻转命运

权 且

有这么一个人，事业做得很成功，经营两个公司。后来大的公司因为经营不善，被股东们褫夺了经营权，只让他继续当小公司的董事长。

有一天晚上，他突然觉得自己明天就会破产，于是第二天一上班，就来了个莫名其妙的大裁员，还把自己几辆百万名车也卖掉变现，随时准备保命。

家人送他去看心理医生。医生发现他小时候很穷，所以现在这么拼命。可是他的腰上却像是绑了一条隐形的橡皮筋，他越努力向前跑，橡皮筋就越拉越紧，心灵失去弹性，只剩下一味地赚钱、赚钱、赚钱。一旦事业挫败——还不能说失败，因为并没有失败，他马上就自信崩盘。

还有另外一个人，只不过是一家工厂的主管，金融海啸来袭的时候，工厂一个月一个月地接不到订单。就像一艘船往深渊里航行，谁也不知道什么时候才会探到谷底。可是他一点儿都不急不慌。别人问他：如果你没有了工作，怎么办呢？

他说：那就找工作呀，饿不死人的。

别人又问：你还要养小孩子呢，怎么办？

他说：就不要补习了呀！也不上才艺班了呀！反正这些本来就是多余的。

他这么说的时候，脸色红润，一点儿都不担心。他的心就像弹性很好的橡皮筋。

这两个人，后者不如前者有钱，前者却不如后者强韧。

《基督山伯爵》里有一个背着丈夫和人私通的女人，丈夫破产之后，她还能够拥有一百万法郎的私有财产，但是她仍旧觉得贫穷；还有一个因为陷害过基督山伯爵，遭到伯爵的疯狂报复，从而身败名裂的男人的无辜的妻子和儿子。这一对母子决定离家出走。他们以前曾经挥霍过无数的钱财，现在却为了一点点可怜的旅费斤斤计较。

在路上，他们偶遇了儿子的一个朋友，这个人问他可以替他们提供什么援助，但是，这个高尚的青年却微笑着回答："我们虽遭不幸，却还过得去。我们要离开巴黎了，在我们付清车费以后，我们还能剩下五千法郎。"

这就是差别：第一个女人，在她的披风底下带着一百五十万还觉得贫穷；第二个女人，虽然身边只有几个钱，却还觉得很富足。就像一个乞讨得了十块钱，从而高兴地跳起舞的乞丐，也比一天挣了一百万，却还觉得远远没有达到自己的目的的富翁更美满。

得与失永远只在你的内心，同样的风暴，有的人看到了劫掠之美，有的人却看到了可怕的毁灭性灾难。角度不同，获得的心灵体验也不同。而好命和歹命，就这么区分出来了。

有一个人，从自己的家乡搬到另一个城镇，他问这个城镇的老人：请问这是一个好地方吗？老人问：你原来的家乡好不好？他说：一点儿都不好，糟透了。老人说：这个城镇也一样。于是他想：我的命真苦，怎么又搬到一个破烂地方来了呢？

还有一个人，也从自己的家乡搬到了这个城镇，也问这个城镇的老人：请问这是一个好地方吗？老人问：你原来的家乡好不好？他说：好极了，我们家乡的人都可好、可善良了。于是老人说：这个城镇也一样。于是这个外乡人欢天喜地地想：我的命真是太好了，又搬到了一个好地方！

2012已经过去，所谓的世界末日是虚惊一场，不过，要是再仔细想一想，又会发现，其实2012所传扬的那些大灾难，我们都已经经历了无数遍，飓风、洪水、大火、地震、疫情……凭着这些，把我们的小我从懵懂蛮荒世俗的状态中吓醒，去思考应该怎样活着：是继续担心金钱，继续人与人之间的不正当的防备与恶性的竞争，继续瓜分地球资源，还是爱、分享、互助，你中有我，我中有你，我们都是一家人？

如果灾难当前，能够意识到一切都可放下，一切皆是虚幻，唯有爱才是真，而快乐的当下才是唯一可以把握的时光，那么，即使灾难，也是一种成全。而发生在生命里的每一个事件：被车撞了，或是开车撞了人；找到了新工作，或是被炒了鱿鱼；大病初愈，或是大病初生，都是机会，都是成全，都在帮助你心灵重生。

只要转换视角，就能翻转命运。因为你的命运不在外界，在心灵。

写给三流大学的你

安 宁

弟弟，这一次你来，我骂了你，你很委屈，说毕业名校的我，根本不理解你心底的苦痛和煎熬，你只不过是对所读的三流大学，感到失望，我即刻就给你一通指责。可是，弟弟，你真的觉得，你所谓的民愤和不公，与你自身毫无关系吗？难道一个三流的大学，真的如你所言，是一件暗淡羞耻的袍子，一旦穿上，就注定了你今生的挫败和凄惨吗？

弟弟，你有没有想过，你在入学后的半年里，究竟做了些什么？还没有入学，你就开始牢骚满腹的生活，每日除了上网打游戏就是看碟睡觉，而且连同学都不愿见，说见一次，就觉得低人一分。你把自己封闭起来，不准任何人提起你所就读的大学，似乎它像你簇新的衣服上，菜汁留下的难堪的印痕，让昂扬走在人群里的你，瞬间矮下去。你从来没有主动去查过这所三类大学的历史，你宁肯搜索一些无聊的八卦新闻，也不愿将你大学的名字，键入百度，随手搜索一下，看一看这所年轻的大学，它有怎样的特色与风貌，它又究竟在哪些方面，能够促你奋进，助你成功。

而你在稀里糊涂进入大学后，竟是连所学专业老师的情况，都知之甚少。你在写给我的信里说，这些老师，也不过是不知名大学毕业的，课讲得枯燥，人看上去也呆，走出校门，混迹于那些气宇轩昂的名校老师们中间，一看就知道是三流大学出来的。你于是习惯于逃课，习惯于让别人替你答到，习惯于怨声载道地一日日混下去。当半年的时光飞快逝去，我问你学到了什么东西，你竟是茫然反问说，你觉得这样的不入流大学，能教人学到什么东西呢？不过是熬到毕业，拿一纸证书，跟在名牌大学的同学后面，争一口饭吃罢了。

吸烟，喝酒，看碟，上网，游戏，追女孩子，跟相邻名校的学生吵架——这就是你在半年里，为自己的大学，所交的第一份试卷。你固然有你充分的理由，为这样的答案，做出你的解释。可是，弟弟，你为什么忘了，一所大学，它给予你的，不只是骄傲与荣光，亦有比这更重要的，那就是一份能够无畏迎战未来的心态，一份不管你毕业多少年后，依然会勇敢执着永不轻言放弃的信念。那些虚浮的出身名门，不过是过眼烟云，因为没有人会从你的脸上，读到你的出身；但是，你的举手投足，却可以暴露你的寒酸空洞，亦会展示你的优雅学识。而后者，才是我们在一生里，所要奋力追求的。

其实，只要你细心，你就可以发现，你所读的大学，有许多可以称道的地方。古朴淡雅的建筑，是我第一眼就喜欢上的。我想象中，捧一本好书，随便找一个石凳，读到余晖洒满脚下的青砖小路，风也闲来温柔翻书，这该是多么美好惬意的事情。而那朴实善良的老师们，更是让我感动。你记不记得，去大学报到的第一天，你们学院的院长，看到我们满头来不及擦拭的汗水，即刻递过来一包纸巾，和一瓶冰镇的可乐，憨厚一笑说：先坐下歇一歇，我马上让人来帮你们提行李。这句话，我不知道是否在你的心里，留下过印记，但是，我却是清晰记着的，它犹如一湾清浅的小溪，瞬间让我觉到丝丝的凉爽，和让人无穷回味的甘甜。即便是你周围的同学，也并不像你所想象的，全是与你无共同语言的差生，他们中也有许多人，是和你一样，在中学里叱咤风云，而后因为发挥失常，进入这所大学的。你所谓辉煌的过去，在这条起跑线上，已经失效。事实上，如果不看世俗的标准，你与所有大学的学生们一样，站在了同样的起跑线上；四年后，谁是那最后的胜出者，其实，只在于你自己在这个过程里，付出了多少的汗水。

而那邻校的学生们，为什么也成了你生活不爽的缘由？你说，一墙之隔，便将人分出了高低贵贱，你甚至去他们学校听一场报告时，都觉得别人在拿不屑的眼光看你。可是，弟弟，你并没有戴上校徽，你所品到的难堪，其实全部来于你自己的自卑——那种完全没有必要的可笑的自卑。你喜欢读史，那应该知道日本的崛起，正是因为他们品行里的谦卑和执拗。他们乐意接近那些比他们技高一筹的人，如此，方可将那些自己不备的东西，悄然记下，即便在这其中，他们被人鄙视，遭人嘲笑。可是，正是当初那些嘲笑他们的人，而今，开始惊诧于日本的崛起。是的，在优秀的人面前，我们不需要自惭形秽，只要你有一颗聪慧的心，总有一天，你会感激命运，将如此多的对手和敌人，送到你的面前。

所以，弟弟，你唯一所要做的，就是停止抱怨与叹息，与那些名校的同学一样，快乐充实地面对四年的大学。你对生活唉声叹气，可是生活根本不认识你是谁，它只相信那些眼睛明亮心态阳光的孩子，当你一脸忧戚地走到它的面前，它永远不会像你所希望的那样，给你指路，为你导航。只有你昂头前行，将它远远地甩在身后的时候，它才会在某一天，欣喜地向你打招呼说，嗨，你好。

而这时，你将会忘记你的出身，只知道你身后的大学，开始有了另一种美丽的光泽。那是你自己的魅力，只不过生活在其中，做了镜子，将那绚丽的光芒，折射到大学的身上。

黄金时代

凉月满天

很小的时候，大约刚记事，哥哥有一次很晚还没有到家。那天的晚饭我也无心去吃，就坐在门外的春布石上痴痴地等。从夕阳衔山等到暮色四合，又从暮色四合等到夜色深沉。爹娘一次次来叫我，反复告诉我哥哥去干活了，要回来得晚，我都不肯挪动。一直到他风尘仆仆地回来，才放下一颗心。你说，那个时候能懂得什么呢？可是就是怕，怕他从此就不见了，就死了——那个时候，甚至连死是怎么回事都不知道，就已经开始怕死了。

昨晚出门散步，忘了带手机。一回家就听见手机拼命地响。赶紧接起来听，是女儿，她从学校打来，一句话没说出来就哇哇大哭："妈妈，妈妈你去哪儿了！我给你打电话也不接，找你也找不见，给我姐打电话她也不知道，给我姥姥打电话她也不知道，你到底去哪了呜呜呜……"我又笑又心疼，赶紧道歉，承诺以后出门一定带手机，她又哭了两声，才心有不甘地放下电话。调出通话记录来看，光她的未接电话就有十七通，还有我侄女的未接来电，我母亲的未接来电。没等看完，侄女和母亲已经纷纷打过电话来问，又是好一番解释加道歉。我的女儿二十一岁了，侄女二十七岁，老母亲七十岁，她们也都如我，活在恐惧之中。

那个塞翁，他得了马，就陷入得了马的恐惧之中："好事后边是不是连带着坏事呢？"直到他的儿子骑马摔断了腿，他才"如释重负"：坏事已经来了，下面就应该有好事了吧？果然，因为摔断腿，儿子免于服兵役。文章写到这里就没有了，喜剧性的大团圆。可是，他的儿子免于死厄是不是又会让塞翁陷入重重忧虑之中，担心着这个好事又蕴藏着什么坏事呢？他这看似智慧的人，岂不是患得又患失，被恐惧笼罩了一生？

谁又不像他？富翁担心招贼、绑架；乞丐担心吃不饱、穿不暖；平民百姓担心住不起大房子、吃不起山珍海味、娶不起漂亮老婆。做官的担心反腐反贪，当小兵的担心不能升官，当妈的担心孩子不学好，做孩子的担心爸爸妈妈离婚。打光棍的担心找不着对象，谈恋爱的担心对象出轨……

如果情绪有颜色，这股名为"担心"、"恐惧"、"忧虑"的情绪，会汇聚成一条汹涌澎湃的大河，把所有人吞没，从古及今，几无幸免。

当年读大学的舍友小聚。班主任也到场，致辞时说自己是"年过半百、两鬓斑白"的双百老人，我接着他的话，讲自己是"年近半百、两鬓斑白"的双百老人。我们老三依旧那么年轻漂亮，肌肉紧实，红嘴儿一合一张，一双猫眼闪闪发光，说："小七，你不能那么讲，我们都还年轻，生命才过了三分之一呢。"其实，我不怕老呀，我也不悲观。

快结束时，每人说一句话算作总结。一个同学刚经历一场生死劫：她去看房，掉进深深的电梯井，全身骨头摔断，差点坐不起来。在往下掉的那一刻，她想：完了，要死了。结果醒过来，居然没死，只是疼。于是，在剧烈的痛楚中，她成了全病房最快乐的一个人。哪怕是半夜里不敢睡，睡着了会重新经历一次高空下坠的恐慌，醒过来一看，原来还活着，仍旧会禁不住哈哈乐。

更要命的是，她的丈夫也掉进深深的电梯井，也周身骨头断，也躺在病房。两个人居然都成了最快乐的人。她说了很长的一段话，说："当死亡到来的时候，发现居然还活着，别提多快乐了。虽然经历了这么多的痛楚，但是我活下来了，太快乐了。"

萧红1936年11月19日从日本东京写给萧军的一封信，信中写："窗上洒满着白月的当儿，我愿意关了灯，坐下来沉默一些时候，就在这沉默中，忽然像有警钟似的来到我的心上：'这不就是我的黄金时代吗？此刻。'……自由和舒适，平静和安闲，经济一点儿也不压迫，这真是黄金时代……"

经历了情伤、婚变、半夜三更不眠不休的哭泣、一夜头白，如今，我也成了最快乐的人，因为我的恐惧没有了。饿了吃饭，冷了穿衣，病了吃药，就这么简单。吃不起药怎么办？那就死呗，灵魂归乡。

所以，轮到我的时候，接着这个同学的话，我说："过去，我们都渡尽劫波；现在，我们都花好月圆；将来，每时每刻，每分每秒，都是我们的黄金时代。"

真的，从现在开始，步履纷沓而来的每分每秒，都是你的，我的，我们的，黄金时代。

在指望中要喜乐

安 宁

在指望中要喜乐，说出这句话的哲人，当是对于人生，有通达透彻的体悟，知道在漫漫长途中，我们更多的，是活在那似乎没有边际的指望之中，因此要保有喜乐，要用淡定平和之心，去应对那孤独漫长的等待。就像，在爱情没有来临之前，我们缩在青春的壳里，带着一脸寂寞的痘痘，孤单地行路一样。

许多的指望，在最后，皆会落空。但即便是早有预测，依然是心怀着淡淡的喜乐，一年年不知疲倦地度过。犹如蝉鸣之于短暂的夏日。或者，水上朝生暮死的蜉蝣。年少的时候，常常艳羡那些年轻的女子，哪怕并不貌美，却可以放肆妖娆，看露天的电影，总可以于黑暗中，瞥见她们噼啪燃烧着的欲望与激情。而那些被我视为美好禁地的柴草垛旁，密林深处，葡萄架下，芦苇丛里，则是她们生命最隐秘最绚烂的怒放之地。我带着一种无法祛除的忧伤，看她们在外人的指责中，愈加地浓郁而且饱满，而我，这样长长的期待，究竟何时才能够结束？

在20岁可以为一份爱情而羞涩绽放之前的光阴，是淡青色的，宛若黎明前的天光。不去想是否会阴雨绵绵，等不来一日的春光，只是在窗前抬头祈望着，并在心里默默地祷告，希望会有一个男孩，经过我的窗前，哪怕他并不看我，甚至如一阵风，迅疾而过。可是，那随风而至的一缕淡漠的花香，却同样可以温暖卑微瘦弱的我。我暗恋的那个男孩，从未与我说过一句话，可是却在我的心里，有最清晰的影子，就像一片云朵，倒映在清澈的溪中，我小心翼翼，轻划舟楫，怕荡漾的微波，会弄碎了他在我心底的模样。爱情的底片上，只有他一个人，但当我在暗夜里，于微黄的灯光下仰望，却是可以看得到自己青涩的容颜，与他的糅合在一起。就像，冬日里两只依偎着相互取暖的小兽。

当然知道一切都是我一个人的想象。想象与他一次次相遇，散步，相视而笑。就连一片飘零的树叶中，也有一段柔软的故事。这样唯美又感伤的想象，只是一个遥远渺茫的梦，早已预测会醒来不再，依然不肯停息对他的想念与痴缠。

几年后各奔东西，果真是再无联系，那个只在梦中陪我度过了一程时光的男孩，晨雾一样，在阳光破云而出以前，便消散在不知何处的角落。那么长久的指望，在高考结束各奔东西的瞬间，便成为失望，曾经怀有的种种只有我才能知晓的喜乐，记录在日记中，亦落满了悲伤的尘埃。

我一度对耗尽了我整个青春的这一程暗恋，觉得虚度，且了无意义。似乎春光漫漫，原本应该有更明亮的过往与回忆。假若当初不对那份骄傲在上的爱情，怀有希冀，像一切早熟安定的孩子，寻那高处而去，那么或许也不会因此而误了学业，成为一个平凡的女子，任那高处仰望的爱情，如一只大鸟，嗖一下飞离我的视线，且再也不会归来。

是到某一天，无意中看到了这句话，在指望中要喜乐，方才彻悟，每一程光阴，不管它最终暗淡无光，还是柳暗花明，最重要的，原本是历经中的时光里，保有喜乐，祛除悲伤。人生中大半的指望，不过是归于尘土，成为失望，但是假若因此便虚度一程，不抱喜悦，放任而为，那么行至终途，回身而望，不过是荒漠一片。

而在指望中喜乐，让这寂寞的人生，因此多一些微小纯净的快乐，犹如茶中沉浮的花朵，溪中飞旋的叶片，空中划过的飞鸟，这样的静寂与喜悦，于任何一程的行走，应当都是值得留恋的美好。

冷暖无惊

诗路花雨

新年早醒，给朋友发几张雾凇的照片，一张是在自家青砖院墙外的一个大树帽儿，裹一层雾凇；几张是在田野的雾凇，雾凇漫漶，树枝变成银条，田埂土块也镶银边。朋友说真好，冷暖无惊。

真好。说得真好。

新的一年，就是想着冷也罢暖也罢爱咋咋地吧，无雨无风，无喜无惊。

惊是一个不好的状态。受宠若惊，一旦受到命运的宠爱，或是得了官，或是发了财，或是收获爱情，于是诚惶诚恐，受了惊动，觉得不配得怎么却得到了？又惶惶然怕失去，像是塞翁的得了马，又怕不好的事来冲，又想着最好有坏的事来抵冲，于是儿子骑马摔折了腿，想："这才对嘛！"才踏踏实实安下心。

一户人家，数年前得拆迁款数百万，去西藏自驾游，特意花一百万买了一辆路虎。每日这一家人的生活就是吃吃喝喝，玩玩乐乐。吃喝玩乐的劲头下去了，花一百万买了一个小厂要做实业，再花一百万又买一个小厂继续做实业。亲戚有事，借出去几十万；朋友有事，借出去几十万。可是一个工厂开工，日日亏损；一个工厂的厂房还没有盖起来，就被政策叫停；借出去的钱收不回来，数百万罄尽，路虎也卖了还债，一家人重新穿布衣，吃菜饭，旁人评论说："这下子踏实了。"看他们的面容，也着实让人觉得，是踏实了。得数百万好比凭空受了惊动，一朝尘烟尽，才能得安宁。

有的人很富很贵，也很踏实，觉得自己享受得起；有的人一夜乍富，就会觉得这样的好生活好像自己不配，像是偷来抢来，必得要还回去才能安稳。也有的人享得了富贵，却安不了贫贱，一朝跌落云端，为人失格失品。心中惊动，如同山岳摇晃，泥石流冲冲而下，屋宇不牢固必要崩塌。

杨绛一生，做过大小姐，使唤着用人她也安稳；当过教书匠，当教书匠也安稳；被"批斗"时也扬声大叫，却很快安稳；被下放的时候也安稳，被平反了也安稳；被抬得八丈高，她还是说自己是清水，不是肥皂水，不能吹泡泡。到最后女儿死去，丈夫死去，只剩下自己，心上绽开一个又一个血泡，可是她咬着牙把日子一点点挨过去了，此后长长的孤独寂寞，读书、思考、写作。她哀而不怨，怒而不争。

苏东坡作词："莫听穿林打叶声，何妨吟啸且徐行。竹杖芒鞋轻胜马，谁怕？一蓑烟雨任平生。料峭春风吹酒醒，微冷，山头斜照却相迎。回首向来萧瑟处，归去，也无风雨也无晴。"世上还有比这更好的冷暖无惊？一生修行，无过修一个也无风雨也无晴。

黛玉灵透，却如溪涧流水的易惊动，所以总是活得很累，很辛苦，风刀霜剑严相逼。宝钗也灵透，却如玉石的温润不惊。家道丰富的时候她是穿金戴银的大小姐，也不骄奢；家道中落的时候她把无用的闲妆都卸下来，住雪洞一般的屋子，穿半新不旧的衣裳，也不哀叹。所以贾母说她是好的，大家也都说她是好的，因为傍着她，自己的心也是安稳不易惊动。

　　一生冷暖无惊，心头没有恐惧，即达禅境："心无挂碍，无挂碍故，无有恐怖，远离颠倒梦想，究竟涅槃。"哪有什么除苦的神明，靠的是你把自己的心修炼得冷暖无惊。苦是一心如叶，风里雨里颠簸，你觉得苦，那自然是苦。若是颠簸却不觉其颠簸，那就不苦。佛说即心即佛，这话是对的，心不苦，一切的境遇就都不苦；心不颠倒恐怖，一切的境遇都不教你感觉上下倒悬，颠倒恐怖。所以杨绛的《写在人生边上》，有年轻人觉得她开篇写些神神鬼鬼的是迷信，分明就是她在给自己的心找答案。找到答案了，即使面临神神鬼鬼，也就不惊不怖，自然亦不苦。

　　于是，冷来了，你知道是躲避不了的，便不去躲，也不像耶稣要被钉十字架时那样抱怨："我的神，我的神，为什么离弃我？"就那么冷着，一边冷，一边想：哦，冷原来是这样子的。暖来了，觉得是应得的，不去想谢主隆恩，臣诚惶诚恐，就那么坦然享受着。一边暖，一边想，原来这就是暖啊。不惊呼，不哭泣，哭泣也可以，却不咒诅，知道世界是这样的。一池寒塘，几株烟柳，坐在石里，看看水光云色。若有人趋近，你拍拍手边石，说：坐。若有人离开，你就说：哦。

第六辑

命如琴弦，长奏清歌

来到地球上，每个人都有着很重要的任务和目标，它是深种在我们生命里的核，却被生活中的种种积尘所掩埋，如是尘埃掩埋落花。现在，把尘埃拭去，把清明拿回，好比心性如镜，镜上蒙尘，时时擦拭，方得见真。有它的指引，我们才能顺流而下，在生命之河的尽头，找到本属于我们自己的幸福弦歌。

赶紧幸福，一脸吉祥

几个月前玛丽家的猫跑了，找不到了，丢了。她先生安慰她说，它已经13岁了，可能意识到要死了，所以找个孤单偏僻的地方"掩埋"自己。

玛丽不知道怎么与5岁的儿子解释这个忧伤的事实。

这天，她与儿子在公园里散步，内心一直在编织、推翻一个又一个的故事以安慰儿子……就在这时，草丛里蹦出一只小猫，儿子一把就抱住了它，玛丽蹲下来一看：太像走失的那只老猫，与它小时候一模一样。

这只猫现在已是玛丽家的一员了。玛丽告诉儿子：原来的猫猫现在住在小猫的身体里。猫也许真的有九条命。

另外一个心情故事是：秋天的时候，翠西的妈妈被诊断得了癌症。住院的时候，翠西把母亲心爱的猫咪带到医院，它一下子就扑到病床上，趴在翠西母亲的身上睡着了。第二天，猫就死了。过了一周，她母亲却奇迹地好了，检查身体，各项指标都正常。大家都说，是猫替翠西的母亲死的。

也许只能这么解释，很多奇迹必须用爱来解释。

之前，我一直怕猫，跟武则天似的。它总是冷眼看着这个世界。后来听了很多关于猫的故事，突然觉得它不阴郁，而是孤独的优雅，是神秘。

如果你被它安静地缓慢地注视着，就会安详。

冷漠世界里，因为相遇，而心生怜惜。

养一只猫，让时光慢下来，留住好时光敬畏生命。

一位网友为其17岁老猫最后日子写的日记：之前，早晚它还能主动去喝一点儿放在碗里的牛奶，今天不喝奶了。上午去买来了几根火腿肠，它吃了两口。下午在超市买来平时它最喜欢吃的牛肉，切一点儿给它，它也只吃一点儿。连糖水也不喝了，把糖水和清水放一起，它只喜欢喝清水。太阳出来暖和的时候，我就把它抱到窗台上晒了一会儿，它已无力跳上去了……今天勉强还能走路，家里凡是能够走到的地方，它都去了……

中国农业大学何静荣教授是一位资深兽医老专家，会给猫狗针灸、点滴、接生。她家养的猫因受她多年科学调养，活到24岁。这位网友家猫咪活到17岁，无疾而终，"也算不容易了"。另外，我看到一则文章标题《21岁老猫无疾而终》，它相当于人类寿命103岁。

最欣慰的是"无疾而终"，这才是最好的生命，比有九条命更好命。每个生命都是一样的归宿，都会死去，只是"无疾而终"是最高的生命荣耀，也是生命的最高境界。

母亲生前最想要的结局是：从椅子上摔下即离世，不拖累孩子，认为那是最好的修行。所以生前她宠爱孩子、虔诚敬神、与人为善，只是为了"好死"。虽然最后也是寿终正寝，但是，不是无疾而终。那么疼地离去，留下的是我满世界的心疼。

当然，无疾而终只是民间的一种说法，主要是指老人没有经历病痛的死亡。但是，对于医学界而言，是没有"无疾而终"这种说法的。由于老年人神经系统的敏感性降低，机体的反应性差，就算存在严重的疾病，也可能没有具体而明确的表现，医学上将它们称为隐性疾病或隐匿性疾病。如果有一天我老去，我宁愿选择"不知不觉"，去实现母亲的夙愿，也让我的孩子安心。

我希望有朝一日像大象那样明白而安详地死去，亲自死去。传说每一只预感到生命即将结束的大象，都会在生命的最后几天，离开象群走进丛林的深处，找到传说中的归宿——象冢。那是一个神秘的地方，安静、永久地与好多好多死去的大象在一起，仿佛那里埋的是理想。从群居地到象冢，还有一段很长的旅程，它们孤单而从容地走着，有悲伤却不痛苦……

生命无常，却又生生不息。所以，我还是愿意轻松地谈笑生死，像谈论家猫与野象的善终，生是此时此刻，感恩活着，尽量无忧，赶紧幸福，一脸吉祥。

白菜开花似牡丹

平常人

秋风萧瑟，草木摇落。

冷。凉。

收白菜。

一个画家朋友包一百亩的土地，分割成块，再分包出去，供人们体味种菜之乐。朋友大发慈心，赏我们一块地，如给小孩子一片纸，又提供菜籽如同纸笔，供我们写写画画，随意涂鸦。

我们涂的是白菜和萝卜。

胡兰成其人飘宕流离，如同水银，其文却绣口锦心。爱看他的《今生今世》，又喜爱那里提到的一个人，步奎，因其看世界别有一番喜悦与不争的情致，又如幼儿看天地，眼眸清亮如水，所见时常出奇：

"温中教员宿舍楼前有株高大的玉兰花，还有绣球花，下雨天我与步奎同在栏杆边看一回，步奎笑吟吟道：'这花重重迭迭像里台，雨珠从第一层滴零零转折滚落，一层层，一级级。'他喜悦得好像他的人便是冰凉的雨珠。还有是上回我与他去近郊散步，走到尼姑庵前大路边，步奎看着田里的萝卜，说道：

'这青青的萝卜菜，底下却长着个萝卜！'他说时真心诧异发笑，我果觉那萝卜菜好像有一桩事在胸口满满的，却怕被人知道。秘密与奇迹原来可以只是这种喜悦。"

如今成熟，将要收获，数行白菜与短短一行的萝卜挤挤种着，看着青青的萝卜菜，想到的便是曾经活在世上，只在这本书里被提上一笔的这个清透如同雨珠露珠的人，顿时觉得萝卜果真是满怀的心腹事不肯对人明言呵。

白菜用细绳把叶片松松拢着，外面的大叶子把里面白白的嫩叶子包裹住。两手搂菜，一旋，两旋，根断茎离，一棵白菜就被满满抱在怀里。一个，两个，朋友们拧得，旋得乐不可支。旁边不知是谁的菜园，起的名字叫个"吃不清"，十分挑衅，于是我们便去偷偷拔了一棵大白菜和一根大萝卜，替他们吃一点儿。

偌大的百亩园，成排成阵的大白菜，到处都是收菜的人，手上沾得有泥，鞋底踩的是黑土地，那一刻整个人都厚重起来，好像接通了几千年农耕文明的地气。

然后就看见了那朵菜。

不成材。

散叶片片铺展开，开成一朵牡丹花的模样。

绿牡丹。

层层叠叠的瓣，午后秋日的阳光淡暖淡金，照得它莹透如同翠玉，脉络丝丝精致得不真实——你一棵大白菜长成牡丹花的模样到底是怀着怎么样的一个心思？

收毕白菜，晚上赶去市里聆听一位老先生的教诲。先生姓董，七十余岁，大名子竹，念通四书五经，勤于布道讲学。和七七八八的人坐在他的房间，听他讲论人心，说世界上绝对的公平、公正、公开的大同世界其实很难存在，真正的天堂是人人都能够在他自己的位置安居乐业，我贸然插了一句嘴："各安其位。"老先生说："对，各安其位。"

可是很难。

人从来都是得陇望蜀，这山望着那山高是常事。好在所谓的安于其位和安居乐业，一个"安"字，一个"乐"字，说的无非是一种精神境界。不去削尖脑袋钻营，不去左踢右踹竞争，不去损人只为肥一己之私，而是像颜回一样，一箪食一瓢饮，精神上无限满足与喜悦。安，是安于物质，乐，是乐于心灵。

我的小孩是一个比较普通的小孩，日前开家长会，代表学生发言的没有她，上台表演节目的没有她，她的同窗，好友，宿舍的好姐妹都一个个上台，她在台下是那个一脸兴奋地鼓掌的人——一个被边缘化的好小孩。家长会散了之后，她拉着我，去看教室的外墙，上面都是学生们的涂鸦，里面有一圈一圈的彩色泡泡，还有一颗大大的镶金边的红心，她拉着我的手："妈，妈，这是我画的。"

我拿出相机，认真拍了下来，就像在教室里拍孩子们唱歌的时候，我拿相机扫遍全教室，然后认认真真拍她专注聆听的侧脸。妈妈在，妈妈爱她，关注着她。牡丹是花王，吸收了世界上生生世世恒河沙数以千亿计的目光。世上的普通人千千万，就像栽种在泥土里的成排成阵的大白菜，他们也都有一棵想要长成牡丹花的心啊。

"步奎近来读莎士比亚，读浮士德，读苏东坡诗集与宋六十家词。我不大看得起人家在用功，我只喜爱步奎的读书与上课，以至做日常杂事，都这样志气清坚。他的光阴没有一寸是雾数糟塌的。他一点儿不去想到要做大事。他亦不愤世嫉俗，而只是与别的同事少作无益的往来。"

这就是我喜欢这个步奎的原因，因他不钻营，他普通，但是志气清坚，好比白菜开花似牡丹。我只愿世上众人以及我的小孩，都如这个步奎平常而又清贵，那么，这颗安居乐业与各安其位的牡丹心，就算真正长成了。

没有奇迹的世界，也那么好

旭　辉

刚看了一部电影：《姐姐的守护者》。

姐姐凯特患了白血病，母亲为了她的病，不但辞去律师的工作，还特意生下了妹妹安娜。安娜似乎一生下来就是复制品，十多年来，她不断地向凯特捐献出脐带血、白血球、干细胞、骨髓……粗粗的钢针扎进去，小姑娘哭得哇哇的。可是，这一切都是有值偿的，因为姐姐的生命原本在五年前就应该消逝了，现在却依旧能够亮着因治疗而掉光了头发的白白圆圆的光头，冲着妹妹温柔地笑。她甚至还能和同是得了白血病的小伙子相爱，穿着漂亮的衣服，戴上漂亮的假发，挽着恋人的手臂，笑容绽放如花。

现在，凯特的肾功能衰竭，安娜，这个"姐姐的守护者"，又要给凯特捐肾了，但是她却不肯了。十一岁的小姑娘，卖掉了金项链，聘请律师，希望能够对自己的身体有医疗自主权。

真是自私啊！

妈妈是那样的震惊，和女儿聘请的律师对簿公堂。

言来语往，刀来剑往，却掩盖住了妹妹自私、寡情之下的真相。

真相是：妹妹所以拒绝捐肾，是因为姐姐求她让自己自然死亡。十几年来，无数次的呕吐，出血，住院，开刀，放疗，化疗，这个始终笑着的姑娘感觉实实在在地吃不消，生命于她已经不美好。和她相爱的青年也已去了另一个世界，也许，正在某个地方，温柔地等待她，冲她微笑。

　　可是妈妈不愿意，她更愿意相信终有奇迹会出现。

　　就像电影外的大部分观众，大家都在期待奇迹出现。一个没有奇迹出现的世界，是无聊的，无味的，乏善可陈的。

　　所以一部又一部的电影，都在叙说着奇迹的故事。比如人死了会有另一个世界，比如世界末日的时候，会有超人穿着红内裤来拯救地球，比如穷鬼砍柴也会捡到一只田螺当老婆。刚看了电影《2012》，那样的大灾大难，居然还会有人逃出生天，重新为人类开辟一个全新的美好循环……那么多的奇迹让我们目眩神迷，是的，我也和迪亚兹·卡梅隆饰演的妈妈那样，同在期待奇迹出现：这个孩子能够神奇地病愈，一切都那么美好，就像海边日光下飞翔的一阵阵白翅膀的海鸥。

　　可是，没有。

　　凯特终于去世。

　　死的那一晚，她将自己的母亲抱入怀中，如蚌含珠。这样一种反常的构图，给人的印象如此深刻，就像一个通明澄澈的大人，怀抱一个伤痛迷惘的婴儿，最终婴儿终得安慰，伤痛终得解脱。

　　生活还在继续。妈妈重整凌乱的生活，继续当一个出色的律师；爸爸提前退休，然后负责解答青少年心理问题；儿子杰西展露了艺术才能；而"我"，也就是安娜，则过上了健康快乐的生活。一切都在继续，求生得生，求死得死。

很多时候，我们都在鼓励生。期待能够凭着信心和奇迹，以及越来越精湛的医术，人为拉长一个又一个痛楚的生命。所以这部影片值得称道的地方不在情节和架构，也不在人物塑造，而是在个体生命的生与死这个问题上，表现出深厚的人文关怀，它揭示出一个没有奇迹的世界，也那么好。

这部电影改编自作家乔迪·皮考尔特的同名畅销小说，导演尼克·卡萨维茨。与西方国家相比，我国鲜少绝症题材的电影，因为圣人"未知生，焉知死"的教诲是如此的深入人心，使各种艺术题材对"死亡"这个话题都不乐于加以表现。而不得不表现的时候，对于生命个体的死亡价值的考量又仍然停留在一个简单的二分法的世界：有意义或者没意义——有意义的死重于泰山，无意义的死轻于鸿毛。可是，哪怕一生再碌碌无为，当他或她走向死亡，也应该受到应有的关注和尊重——每个人的死都不会比一片鸿毛轻。

所以，我们，每个人，都应该成为生命的守护者。在能创造奇迹的时候，我们创造奇迹；在无法创造奇迹的时候，我们给生命以温情与安慰，让所有的生命在苦难中焕发出爱的光辉。

只有这样，我们才会分明地看到：没有奇迹的世界，也那么好……

花 心

颜 歌

女友来访，共爬城墙。本是踏春，来早了，春只伸来一只脚，偶见几株榆树探身探爪，却没有想象中的绿凌翠挂，还是乌涂涂的丫丫杈杈。只有中途一株醒得早，率先长出榆钱，像猫刚刚睁开半只眼，一个女友折几枝放进包里。

玩一圈儿回我家，摆开架式喝茶。玻璃杯泡龙井，透明的杯子冒热气，蒸出茶的香。折榆钱的女友面目似猫，脸儿圆圆，眼儿圆圆，二十年前走路就像有肉垫，走路丝毫不带响，如今风采不减当年——就叫她"猫"吧。另一个女友阿梅，整个一乐天派，嘴角边活活笑出两条纹，一见就让人觉得喜兴。如今偏就是她，在我们耳边絮絮地讲，机关里如何的人浮于事，每天如何的浪费生命。这么个光风霁月的人说出这番乌云罩顶的话，叫人替她憋闷。

猫也有自己的烦心事，单位初成立，一切尚未定形，每天忙忙碌碌，上传下达，却没有一件事情是有用。当年读研究生的学问如今全部搁置，像好胭脂沾染了灰尘。

两个人唠唠叨叨，我一边听一边笑。

已近不惑，竟是挨不过的长夜漫漫。质疑婚姻，质疑事业，质疑人生，质疑生命，一切都拿来质疑了，连倾诉的欲望都消弭殆尽，每天像地老鼠钻进坑洞，泥土壅塞住了耳眼，只愿意让自己快快沉入黑暗。这样的话说出来很矫情，没有人听，闷在心里却又沤烂生虫，咬得整个人都千疮百孔。

想着别人都活得很光鲜亮丽的，现在这两个家伙坐我面前，才哭笑不得地发现，人家骑马我骑驴，我比人家我不如，回头看一看，还有挑脚汉，比上不足，比下有余——个个的危机深重。

一时有些冷场，已是午错时分，天色有些发阴，我打开灯，任凭冷光铺满桌面。

过了一会儿，"猫"轻轻巧巧地站起身，轻轻巧巧地拿过包，轻轻巧巧地拉开拉链，从里面掏出那几枝半开的榆钱，黑黑的枝子上几星绿点绽开，她拿一只盛水的玻璃杯，把这几枝榆钱攒在一起，左摆弄一下，右摆弄一下，然后，居然成了一束花的模样。

很好看。意想不到的好看。

就像今天一天的聚会，爬城墙、逛寺院、吃我们本地特产的八大碗，那都是虚的、浮的、热闹的，好比驴嘶马叫人撒欢的一出"清明上河图"；及至如今桌前坐定饮茶，却也是轻飘无根，如同浮云。没想到这束不起眼的榆钱花好比万顷寂寞碧涛中一艘小白船，千亩白云上一粒云中雁，让这一天有了核，有了心。

其实，人心就是这样吧，很热闹地走着路，很辛苦地做着工，很孤独地爬着山，一转头间有一时旁逸斜出，思绪卷啊卷地卷成一朵花，挑在登山的杖尾。

千利休是日本织丰时代的茶师，一次春天茶会，丰神秀吉找来一个铁盘子，里面盛满水，然后拿了一大枝梅花，让利休当众表演插花。这分明是难为他，自古以来，花瓶都是筒，盘子里插花算怎么回事。结果利休却从容拿过梅花，一把把揉碎，让花瓣花苞纷纷飘落于水面，之后将梅枝斜斜搭在盘边。同座人皆目瞪口呆，仿佛这样的美有毒，叫人深吸一口气，却忘记吐出去一般地窒息。

以前一直想，茶道这种东西有什么必要？喝杯茶都这么麻烦。却原来壁上有画，匜里有花，炉中有焰，杯中有茶，可以净心。就这样一半尘内，一半尘外，让人有泪可落，却不悲凉，有话可说，而不绝望。

入夜，女友已散，家中停电，家人都已安睡，一个人躺在床上，在寂静里漂流。鲁迅先生说他在朦胧中看见一个好的故事：河边枯柳树下的几株瘦削的一丈红，大红花和斑红花都在水里面浮动，缕缕的胭脂水，茅屋，狗，塔，村女，云……没错，一个好的故事，我也看见了。白天那束榆钱花，和如今这场不期然的黑暗和稳静，似乎成了一种象征。

茶心禅意，如花似玉。错了，非茶有心，禅有意，而是人长了一颗花的心，才能看见几瓣落梅铺陈开的万花如绣，一束榆钱延展出的新绿花海。它是生活中的小细节，烦恼中的小清明，大气候下的小温暖，大灰暗中的小明艳，却是可以如花间露珠，映照整个清明的世界——它是我们永远不老的青春。

停下来，享受无能为力的美好

闫荣霞

　　临近年底，日程表排得像富家女的嫁妆箱子，绫罗绸缎满满的插不下手去。整理年终参选材料，把厚厚一大摞杂志和报纸搬过来搬过去，一张张复印，理好，装订，一边叹气一边嘟囔"浪费生命"；写年度工作总结，事无巨细，把沉潜的统统捞起；教学论文，要写，课件，要做，床头案上，新旧书堆盈，《信仰时代》刚刚看完，《全球通史》的一半才读了一半，脑子里一边装着中世纪的僧侣和教士、农民和市民，一边电话在不断地打进来……

　　回家，吃饭，开电脑，白天工作告一段落，夜间工作刚刚开始。开网页，去几个每日必去的网站做一番必要的浏览，领导交派下来的稿子马上就要到期，得抓紧，两万字要三天之内搞定；小企鹅拼命在下边闪闪烁烁：约稿，约稿，约稿……每一个单子都近了，迫在眉睫。冷水洗把脸，长出一口气，屏气敛神，我要拼命了！

　　啪！停电了。

　　欢呼一声，一蹦而起，飞快钻进被窝。孩子还没睡着，一见我来，牵牛花一样就绕过来了，小胳膊小腿像嫩藕棒，一边缠住我一边把毛茸茸的小脑袋偎进我怀里。平时对她有多冷落：虽然近在咫尺，触手可摸，可是她一有"贴"上来的企图，就被她爸爸严厉警告："别去打扰你妈妈！"这下子可以亲个够了，只是不知道几年过后，她还肯不肯把她的妈妈当心肝宝贝一样抚摸。一屋子黑暗，阒无人声，我把孩子搂在怀里，静静躺着，心像一块吸水的海绵，享受一种被"无能为力"浸透的美妙。

是的。无能为力。

整个地球就是一个旋转的陀螺，每个人像被装在瓶子里的骰子，被一只看不见的大手拨弄着，忙碌、紧张、劳累、拼搏，迟早有一天，要把自己转得命都没有了。就在这时，停电了，发大水了，SARS来了，正常工作终止了，一切累人的重担一瞬间全部卸下，所有牵肠挂肚的事务都被撂到角落，焦虑也没用，骂娘也没用，于是一种久违的轻松、愉悦、舒畅、惬意，就这样悄悄光临了。

是的，又一个夜晚将被虚度，又有一堆工作无法按时完工，明天又得加班加点，可是这一切又有什么关系呢？当下多美好。当下的黑暗多美好，当下的安静多美好，当下的小女儿多美好，当下的把主动权出让之后的无能为力多美好。

《在狼群中》是法国自然生物学家莫厄特著的一本自传体小说，里面写到"我"作为一个动物研究者在巴伦兰荒原度过的日日夜夜。除了研究狼之外，还要对荒原的生态组成进行研究。他拎着一种复杂的朗克尔圈——就是一个金属圆环，在原地猛转几圈，然后猛力抛出去，然后把圈里所有的植物——极地高原上的植物都细如毛发———根根用镊子拔下来，然后再就其种类、所属、习性等做进一步的分析工作。这个工作繁琐无比，不是找不到圈子被抛到哪里，就是被这些被圈中的微细植物搞得火大。

他的印第安朋友看到他像一只疯疯癫癫的兔子一样一遍遍把圈子扔出去再捡回来，越扔越近，非常不屑地笑笑，昂首阔步走过去，捡起钢圈，在原地打个转身，一扬胳膊，"嗖！"钢圈就像一只逃跑的松鸡一样一头扎入湖水，不见了。印第安人知道闯了祸，吓得脸色发白，没想到作者却高高兴兴地拉着他跳了一段狐步舞，然后和他一起分享了仅剩的一瓶狼酒。我想，这一刻莫厄特的心情，大概就是一种无能为力时的解脱，一段狐步舞泄露了他被迫放弃后感到的由衷的轻松和快乐。

很多时候，是我们把自己逼得太狠了，什么都想得到，什么都不愿错过，生怕耽误一趟开往2046的列车，却发现在忙忙碌碌中失去了真正的"我"。《圣经》上都说，上帝创造世界用了六天时间，第七天是用来休息的，可是我们却歇不下来，始终处在一种忙碌但是空虚的状态。走得太快，灵魂跟不上脚步，谁知道来来往往的人群中有多少行尸走肉呢？而且一旦这种可怕的状态被突然打断，谁不是张嘴就来一句"SHIT"？焦灼、叹气、咒骂、苦恼，把原本正悄悄兜上来的美妙毫不留情地赶跑。

其实不必。既然已经身处一列停不下来的火车，一旦有人强行拉下制动闸，不妨走下来，看看路旁的郁郁黄花，青青芳草，蝴蝶与蜜蜂翩翩围绕，尽情享受当下无能为力的美妙，哪怕明天照旧一路飞跑。

时光如同利刃

青草青青

　　我在单位门口等车，走过来一个高大男人，披件空空落落的外套，大黑眼圈。他没话找话："干吗呢？"我说等车。"咱们单位今天开会吗？"我再望他一眼，逐渐才认出来，他原是某某科室的科长。

　　那时我刚到新单位不久，人地两生，我不理人，人不理我。记得曾经给他的科室送过材料，当时他说话洪亮，气势逼人，昂头走路，抬脸看人。

　　不久，我就听说他住院了，紧接着又有消息传来，说开了颅，要割掉脑瘤，又说转院了，因为本地的医院看不了，肝上也发现病变……

　　第一次听说的时候，还是满树翠色，蝉"吱吱呀呀"拉着长声叫，一转眼黄叶飘零，秋虫唧唧铃铃。想不到他才出院，更想不到霸王似的人变得如此憔悴，形销骨立，最想不到他居然带着两个大黑眼圈，一晃一晃又来到单位，而且见到每一个人，包括我，包括门卫，他都凑上前去，搜肠刮肚地搭讪。

　　忽然悲凉。

躺在暗夜里，我时常也会生出恐惧，怕这个横冲直撞的世界突然将我碾得粉碎，留下一大堆未竟的心愿和事业，所以总在拼命，不肯放松——整个生命就是让人焦灼的未完成状态。

　　想来，他的留恋和谦卑，我的焦灼和忧虑，都来源于对"日子不多了"的恐惧。

　　日子，是一个什么样的词语？

　　"所有的日子都来吧，让我编织你们……"这是近半个世纪前，一个14岁的少年王蒙的诗。这话乍听起来像豪言壮语。少年的生命，花儿一样将开未开，一切将来未来，说起话来都愿意用一些大而无当的词。我也从那个年龄过来的，那个时候饱含意味的"人生""岁月""光阴""生命"到最后光彩退尽，统统归结为现在一个缺乏色彩的词：日子。

　　太阳在每个日子无一例外地东升西落，我们在每个日子都要吃饭穿衣，这些细节琐碎，就像钝刀、磨锯，锯啊锯啊就把一个人锯老了，磨啊磨啊就把日子给磨薄了。时光飞快流逝，无可挽回地把自己带走，时光劫掠中，那些简单日子多么宝贵，有着稍纵即逝的惊人之美。

　　圣奥古斯丁歌颂上帝："你的岁月无往无来，永是现在，我们的昨天和明天都在你的今天之中过去和到来。"听来如同一曲人类自身的哀歌。人间日子再多、再长，哪怕100年都是短暂的，哪一天诀别都是至哀至痛，像骨头和肉的剥离，手足和身体的诀别。

　　每个人自从降生就开始享受生命的盛宴，日子如命中的一盘盘菜，吃一盘，少一天。有时心情好，吃得有滋有味，一盘菜转眼就没了，是时光如梭；有时心情坏，食而不知其味，一盘菜老是吃不完，是度日如年……日子又如身上御寒的冬衣，每个人甫一降生，就穿着一层层的衣裳，过一日脱一层，就冷一些。刚开始火力壮，气力旺盛，怎么脱都没感觉，甚至觉得可以活千秋万世，于是放心地吃喝玩乐，恣意纵情地挥霍。伊玛目沙斐仪说："我从一位苏菲学者那里得到了对时间意义的新认识。他说时间像一把利刃，我们可以用来战胜敌人获得生命的胜利。如果我们不理解生命的目的，盲目生存过日子，最后就会被这把利刃砍死，一文不值。"真的，到最后菜也吃完，衣也退尽，脱剥得剩下一颗光溜溜的灵魂回归天际，以往怨恨憎恶的日子，你想再过一天，也追不回。

读过一篇文章，说人的愿望会逐层递减：有钱真好，有爱真好，有健康真好，有日子可过真好。哪怕很苦很累，得了病痛、降下祸灾，日子显得琐碎而又粗砺，可是有人正在羡慕地看着你——看着你手里那一摞厚厚的日子。

那个写《小王子》的飞行员说，人必须千辛万苦在沙漠中追风逐日，心中怀着绿洲的宗教，才会懂得看着自己的女人在河边洗衣其实是在庆祝一个盛大的节日。是啊，人必得经历艰辛和劳累、衰老和疲惫、远行和折磨、哀与痛、生与死，才会懂得有一大把平平凡凡的日子攥在手里，可以细数着过，最为幸福。

致我们终将逝去的夏天

黄琼会

我想说的是，这个夏天尽管酷暑难当，日子倒也清寂无恙。几场狂风暴雨过后，再长的夏天，也已渐近尾声。眼看立秋处暑一过，便将是白露秋风时节了。

如果说，春天是一幅色彩斑斓的画，那么夏天就是一篇细细密密的散文——这种体会，我是通过一条林荫大道获得的。这处林荫大道，是省委党校里的一道风景线，与我家窗口遥遥相对。这些年来，我与之比邻而居，算是离我家最近的一座园林。

有时候吃过晚饭，来这里散步，望着满园植物花草，我曾经不止一次地和家人说起，等将来老了，就在这里买幢旧楼当居所吧，春听鸟鸣冬听雪声，朝看花开暮看落霞，倒也不错的。当年，远在北京的史铁生，因为一座废弃的古园，写下一篇教人百读不厌的《我与地坛》。他说："地坛离我家很近。或者说我家离地坛很近。总之，只好认为这是缘分。地坛在我出生前四百多年就座落在那儿了，而自从我的祖母年轻时带着我父亲来到北京，就一直住在离它不远的地方——五十多年间搬过几次家，可搬来搬去总是在它周围，而且是越搬离它越近了。我常觉得这中间有着宿命的味道：仿佛这古园就是为了等我，而历尽沧桑在那儿等待了四百多年。"

一个地方，因为有一个人深深的眷恋，从而在内心萦绕成一种久远的气息，如同在某日云卷云舒的天空下，依然能感知旧时庭前落花的芬芳。只是因为一切还在心中，便知道，它总是在那里。于我而言，省委党校这片蓊郁园林，就是我的地坛。我与之比邻而居也将近十年了。十年之间，只一心沉湎于平静安好的生活，别无所求。若十年是人生的一个片断，那我整个一生，会有几个这样的片断呢？若干年前，我不曾料到我会像一只疲倦的小舟，在这里一泊就是十年。我觉得这其中似乎也有着一种宿命的味道。也许，正如史铁生所言：在人口密聚的城市里，有这样一个宁静的去处，像是上帝的苦心安排。关于生活，关于命运，关于上帝苦心的安排，这让人想起史铁生的另一篇文章《命若琴弦》。故事的开头这样写道："莽莽苍苍的群山之中走着两个瞎子，一老一少，一前一后，两顶发了黑的草帽起伏蹿动，匆匆忙忙，像是随着一条不安静的河水在漂流。无所谓从哪里来，也无所谓到哪里去，每人带一把三弦琴，说书为生。"

"人的命就像这琴弦，拉紧了才能弹好，弹好了就够了。咱这命就在这几根琴弦上，你得弹断一千根琴弦才能去抓那服药，吃了药你就能看见东西了。因为那一千根弹断的琴弦，是药引子。"——那怀了一生期望、拼命拉琴的老瞎子，只为拿到师傅那张留在琴匣里的药方。因为，只有这张药方可以医好自己的眼睛。为了能够看一眼这个明亮的世界，他一生漂泊，一生坚忍，琴声多是苦涩无依的。他的琴声，像旷野里的风雨，像山谷中的落叶，像奔忙不息、不知所归的脚步声。他以毕生的心力，坚持着弹断了一千根琴弦，迫不及待地拿出了药方。直到最后，当他发现这张药方原来是张白纸的时候，终于懂了什么是宿命。在这一瞬间，老瞎子才深深领悟，为什么当年师傅临终时会对年幼的他说："咱们的命就在这琴弦上。"他这一生的精彩，就源于琴匣里的那张白纸，只源于那剂一心梦想着的药方。

也许人生就是一个圆。当我们一出生，那个圆就开始画了。有的人画的圆很大，有的人画的圆很小，但这都没有关系，重要的是在这个过程中，我们的灵魂，如何沿着内心的半径，一起生长延伸，在时间的水上，我们如何将这个圆画得好一点儿，画得圆满一些呢。我们这一生的过程，是否就是弹断这一千根琴弦的过程？我们这一生的行走、梦想、快乐及痛苦的根源，是否也就是紧紧握着手中的琴弦，时时想着白纸上那剂唯一的"药方"？

命若琴弦——史铁生打的这个比方，让我整个夏天都在掩卷沉思。毫无例外，在人生水远山长的路上，我们亦是一个瞎子。突如其来的秋风，总会吹乱我们的身影，不可捉摸的命运，终将涂改我们的模样。如果有一天，有些记忆开始支离破碎，有些梦想不再清晰如初了，只要那剂药方还在白纸上，那么，一切仍然是残缺的，一切仍然是美好的。这便足够。

写给时光的蓝调

这个冬天如此温暖。虽已深冬，不过天气大多晴好，阳光明媚，给人一种特别的好心情。走在午后的暖阳里，看天空呈现出辽阔无边的蓝——这种蓝，软软地深印在心底，像一幅画布任意铺展。

想必所谓的好日子，也大抵如此。简单，温暖，安静，自由。一如低低的乡村蓝调，总有一种切入心灵的清澈，一种朴素美好的纯粹，存储在内心的静谧处，不会随光阴变幻而远去。

趁着阳光正好，去银河公园边看看冬天的树，或者去包河两岸随便走走，看一眼冬天的枯荷。这些年，一直生活在这里，似乎对这一带的角角落落，甚至一草一木，都已分外熟悉。哪里有亭台，哪里有水榭，哪里可以雪里赏梅，哪里可以雨后看荷，哪里最热闹，哪里最安静，都了然于心，成了记忆里触手可及的一部分。

有时候，发现记忆的过程，其实就是一种删芜就简的沉淀。而真正的明朗简洁，还是庄子说得精辟：虚室生白。一心如室，日光相照，万籁如禅，纯白独生。

冬天，就是一个虚室生白的季节。旧年新年，也是一个虚室生白的更替。持一份素心，与阴晴冷暖素面相对，与烟火日常相濡以沫，不必浓墨重彩，也无须万语千言，素描一点，朴素一点，冬荷一样的简静，没什么不好的。因为水面上的风，不管朝哪个方向吹，其实都在赶往下一个春天呀。

一个人，一颗心，一生一世，一撇一捺都是自己的行走，自己的时光。而这一生一世，也许只有这两样东西长驻心头——致心于最朴素的生活，只因内心有个最遥远的梦想，它是一个与生俱来的胎记，一个一直在生长的胎记。

又比如说，当看见时间的河流，一如逝水长东，或者站在繁华的街头，一时内心空茫，那一刻，你是否有一种忽然的清醒与叹息，原来最朴素的生活，真的是一种最遥远的梦想。我们需要用一生、一世的时间，向之慢慢靠近，慢慢抵达。

"怀缅过去常陶醉，一半乐事一半令人流泪。梦如人生快乐永记取，悲苦深刻藏骨髓。韶华去四季暗中追随，逝去了的都已逝去。常见明月挂天边，每当变幻时，便知时光去……梦如人生试问谁能料，石头他朝成翡翠……"——喜欢听这首老歌《每当变幻时》，喜欢童丽深情细腻的演唱，喜欢里面歌词的平静通透。所有的欢喜与忧伤，都呈现出时光浸润的味道。这首歌，童丽唱来最是动听，缓慢的，柔软的调子里，时光一如旧影片重来，我们可以看见往昔流水，看见曾经自己，看见今日当下，看见一颗经过时光打磨的心灵，一如风雨经年的石头，有了不一样的温润，通透。一如长在冬天的树，安静自在，自成风景。

常常在某段时间，只喜欢重复地听一首歌。反反复复地听，一字一句地听，譬如还有侃侃的《细说往事》。一看到这歌名，就有一种细细的喜欢，弥漫开来。这样的旋律，是蓝蓝的天白云翩翩，是往事轻烟一缕我的从前，是紧锁的思念，是沉默的眼……是啊，每当变幻时，便知时光去，而如今往事从头轻轻细说，多好。在我看来，像这样能够吸引我的歌曲，都是一种心灵的蓝调。喜欢一遍遍静静听着，间或写点细碎的字，感觉有一种贴心的温暖。

一年一年就这样过来了，一年一年又这样过去了。有时候，沿着文字的印痕，发现还能够感知这些过往曾经的气息，发现时光带给我的成长与蜕变。而每一刻的自己，都在那时真实地存在过，因为真实，所以坦然，所以无怨无悔——如今，我的生活仿佛眼前这面冬日的湖水，清浅、透明，手心握着无处不在的琐碎，心底却映着平静从容的天。

我深知：这样的琐碎，不管时光如何变幻，于我都是一种心灵的蓝调。或者说，于我都是石头，也是翡翠。

小　丑

凉月满天

这三个人我不认识，只知道他们很会跳舞。

这次跳的是《小丑》。

认识他们是在一档子喜剧表演竞赛节目，这个节目陆陆续续上来过好多人，相声、小品、哑剧、舞蹈、魔术、话剧，长得俊俏的、模样砢碜的……一群小丑。

总是在初赛的时候节目最轻松，不约而同拿舞台当幼儿园的跳床和摇摇马，玩儿似的搞怪，不亦乐乎。复赛就不约而同地郑重其事：郑重其事地谋篇布局，郑重其事地搞怪逗乐，郑重其事地玩给人看——像小儿玩的皮球里灌上了水银，还在玩，却玩得重沉沉。

及至闯过复赛，到了决赛，情势就变得很古怪。

不是在玩了。不约而同地，都想要在这个舞台上表现一些笑背后的东西，好像是在说："啊呀，终于轮到我说话了，我说话终于有人听得见了，那么，就让我说一点真实的东西吧。"

而真实的，就都是不好笑的了。结果就成了明明冲着搞笑去的，却愈搞愈悲凉。

一个女孩子演一个花痴师妹追求师兄，从上山下乡的年代追到下海经商，从下海经商的年代追到现在，都垂垂暮年了，老是追不上。人家不理她，她还在追，一边追一边搞怪。追到后来，两个人各自的儿女相逢在火车上，却是一个秉承着父亲的遗命把骨灰洒到河里，另一个秉承着母亲的遗命去看梦中的那条河。真是。泪雨滂沱。

　　还有这三个。本来是跳舞出身，却演三个小丑。这三个小丑呢，在大街上卖笑挣饭吃，遇见巡警就捉弄一下，被巡警反捉就拼命逃。看见美女也都心里爱，可是美女转来转去，却跟着有钱人离开。三个人露宿街头，分吃半块饼，天亮了，鸟叫了，大家都醒了，三个小丑走了两个，熬不下去了：一个把红鼻子扔下，一个把盛钱的破毡帽扔下。只剩那个扮演卓别林的，拿着拐杖，他也想走，可是拐杖不肯听他的话。他往街心站，拐杖软绵绵；他拔脚走，拐杖跟他拔河——哪里是拐杖跟他拔河，是他的心意跟他的脚拔河。

　　空旷的舞台，响起《小丑》的歌："掌声在欢呼之中响起，眼泪已涌在笑容里，启幕时欢乐送到你眼前，落幕时孤独留给自己……小丑，小丑，是他的辛酸化作喜悦，呈献给你。小丑小丑，掌声响起，眼泪已涌在笑容里……"

　　孤独的小丑和着乐曲跳舞，台下的人都在哭。

　　可是，台下的人，你们又在哭什么？

　　我也在哭。在人世的舞台演了半辈子，欢笑是人前的，悲哭在人后——我也是一个可怜的小丑。

　　世上的人，哪一个不曾人前卖笑，人后哀叫？谁又不是小丑呢。

刘德华在《解救吾先生》里演那个被绑架的吾先生，死到临头唱《小丑》的歌，演员就不是小丑了？教师就不是小丑了？为官的、做宰的、挑柴的、卖菜的，哪个又不是小丑呢？世情本就两张脸，人后脸哭，人前脸笑，热热闹闹。

却不过观众热情，这三个人又表演了一个小舞蹈：一个人想突围，却总也突不破另外两个人罩上的地网天罗，最终是他倒挥着手臂被拖走，眼神里是海样的孤独。突围是每个人的困境，突不破的人，都是这么不甘心地倒挥着手臂被拖走。

一个女友说她的女儿表扬她："妈妈，我从头至尾看了你的一本书，才知道你不容易。平时只觉得你风光，原来你这么不容易。"容易的大家都看见了，不容易都在自己的心里，喜剧的本质永远是悲剧。

演《小丑》的三个人没有当上冠军，谢幕时一句话没有，三个人深深地一鞠躬，台下包括评委所有观众起立，热烈鼓掌。小丑吗，就是这个样。你来了，大家笑了。你走了，大伙该干吗干吗。欢乐是你的使命，悲伤是你的宿命。罢。

"生死去来，棚头傀儡。一线断时，落落磊磊。"这是日本著名能剧师世阿弥的《花镜》里的一句话，意思是"人生在世，不过是像傀儡一样的躯壳，当灵魂离开肉体的时候，剩下的躯壳就像断了线的傀儡一样散落一地，很多东西，对于当世来说，都是抓不住的。"

抓不住，却又不停去抓，谁让我们都是小丑呢。

山居岁月

许冬林

我在山中，有一座房子。

往山中来，念头闪过几次，像扑翅的鸟，后来就落巢扎了根。然后是攒钱，攒了几年，终于动工，建了这么一座三间的院落。得了山下不少山民的帮忙，心里记着。

伐木选址的时候，还不敢肯定，自己真的能来。怕的是，我的父母舍不得他们的女儿独居山间。也怕我的那一位，舍不得我受那山间的冷清和清苦。包括远的近的好友，怕他们惦记。没想到，真的一脚踏进山里来了。大约是，我的亲和友，他们心怀宽容，也知道我不是久居，还会回去，故许我在红尘之外，稍稍这么放浪几年。我之前的几十年，身陷红尘，之后的几十年，可能还要再次出演尘世间的闹剧。这前后之间，他们愿意帮我圆这辽阔人生的一场黄粱梦。

房子高踞在半山腰的溪水边，引了山泉到屋顶的水塔里，存下，怕逢山中久旱无水。想想自己，还是很物质的，逍遥处，仍不忘来自生存的威胁。

亲友来看过，次数不多，也许是太不方便了。来了，我一般留宿一夜，翌日天明送下山。因为，缸里存的米粮不多，再者，他们也实在是受不得山里的寂寞。

置了辆自行车。通常我一个星期骑车进城一次，购些衣物粮油，还有寄稿子。来来去去的，山路颠簸，车轮胎常爆，后来改为半月一次出山进城。同时，学会了修理自行车，譬如补轮胎这事儿。还学会了在溪水边开垦荒地，分季种薯谷类杂粮。

来山中，一为读书写字，二为放任自己的疑世厌世情绪。之前十几年的寒窗，读尽了纸上的诗句。人到了山中，才真正地一脚跌进古诗里。空山新雨，月出东山，鸟鸣烟岚。还有更久远的白茅、葛藤、车前草……一一从古诗里闪身出来，在脚边来去，在山风里先民一般稚拙地舞着。

一日，读书乏了，山野间信步走了千百米远。石崖上，溪水头，得了不少野菜。没有篮子，于是牵起衣襟，一路抱回家。自此，餐桌上日渐丰盛，溪水边照自己，那脸庞也日渐丰润。后来又遇着了一棵野葛，看那粗壮的藤和藤间搭起的野巢，猜它足有百十来年，捋起袖子，从午后刨到日暮时分，得几大截肥硕的葛根。回去，洗净、剁碎、晒干，又得葛粉若干碗。这样逍遥，渐渐没了入世的心，也淡忘了那些惦记的人。

还有一次，往山深处走，山脚下，见一半月形的浅沼。日光下，明晃晃的，像小仙女遗落的梳妆镜。沼边稀疏地立着几根芦苇，清瘦的叶，似娥眉剑。旁边有枸杞碧绿的枝蔓，枝上星星点点满是淡紫的小花。一只蝴蝶在上面悠然地舞着，粉绿的翅上，绣着红的褐的斑点。这样寂寞的山中，哪来这样快乐的蝶呢！依稀朦胧间，仿佛灵魂出窍，它是从我心里飞出来的，是另一个会飞舞的我？在淡紫的花前，借一对飞翔的翅，我，和另一个灵动的我，对视。沼里的水，只有两根手指深，水底铺着粗拙的石，看不见泥土，也没有游鱼。想起从人世里揣来的一句：水至清无鱼，人至圣无友。大寂寞都是这样吧，清澈、纯净，不借衬托，不寻依附。

　　一次朋友来了，带来了一株芭蕉苗。我植在窗前，两年下来，竟长成了茂盛的一窗绿意。早醒时，人在床上，看那一扇扇的芭蕉叶，恍惚间，便以为身在江南，身在濛濛细雨中，等一对绕梁的燕子。房前植芭蕉，山中的生活便添了分人世田园的亲切，少了些野趣。

　　没想到，就是这几株葱绿的芭蕉，让后面有了故事。

　　那一年，山中少有的干旱，溪水早干了，只剩蜿蜒的一截截河床，裸在太阳底下。我用房顶上的存水浇芭蕉，也打算水尽了，就借住到山脚下的山民家里。站在半山腰，远看那沼边的几棍芦苇，也已是枯了。在满山的枯黄面前，这几株芭蕉，便有抢眼的绿。也是午后，我在窗前写东西，一只野鹿，在芭蕉前来来回回地转悠，很疲乏的样子。我起身在窗前呵斥，它抬眼，寻找我的声音，我和它对视，那眼神，像干渴的沙漠。我想，大约是渴急了，以为绿芭蕉前有水呢。那几日，常见我泼在芭蕉边的废水旁，有奔跑的小松鼠在贪婪地舔，见了我，甚至顾不得慌张。于是放下笔，一手拿叉，一手拎着小半桶水出去。我当然怕它伤害我，人世间多的是农夫和蛇的故事。它见了我，向树丛里退，看着芭蕉，又停了停。我用手捧了一捧水，洒在地上，示意它，然后退到窗前。它走近，喝了两口，大约不放心，停下看我，见我依然待在远处，复又低下头，一口气喝干，然后离去。有趣的是，第二天的午后，它又来了，依然在芭蕉叶下张望着，只是不再转悠，而是定定地站着，朝着我的窗子。我又拎出小半桶水，彼此默契，各自站着，只是我的手里不再捏一柄钢叉。如此反复，直到山间普降了一场暴雨。

我的房子翻修了一次。因为我怕蛇，而山中，每每雷雨之前，总是遍地是蛇，我怕它们爬进我的屋子里。我觉得，蛇是极其阴险可怖的。在世间，我远远避着那些不动声色，冷不防暗里咬你一口的人。在山间，我需要远远避的，是蛇。房顶上厚厚地铺了一层野蒿，底下的山民说，这野蒿的气味专驱蛇虫的。后来，屋子周围又栽种了一些。原来，身为人的恐惧无处不在。

没想到，久旱后，一连就是好几场的风暴，到底吹坏了门窗。央山下的山民帮着修，又赶上正农忙，看看已是开不了口，就想着：停几日吧，看天色，几日内不会有坏天气。于是窗户上暂糊上几张白纸。

一天夜里，窗里看书，蜡烛昏黄的光色里，竟看见窗外来来去去晃动着淡墨样的影子。然后是窸窸窣窣的声响，木窗子似乎被啃剥着，是爪子，是牙齿，夜恐怖而莫测。依我有限的经验判断：这是一只野兽，是我的烛光吸引了它，它看见了我，并且，要袭击我。想到这风暴之下已不甚牢固的窗，止不住一声惊叫。然后听见自己的悠长的回音，自夜的山谷四方徐徐传来，回音叠着回音，重回到我的身体里。想这样叫着也是无益，于是满屋子寻钢叉。窗外，传来一声野兽的嘶鸣，然后声音杂了些，仿佛有动物在交战，是一群，芭蕉叶扑啦啦地响，夹杂着发狠似的嘶咬声，约莫两个钟头，窗外安静。我胆战心惊，一夜无眠。

第二天早晨，我起得很迟，透过破损的窗户，看见一只尖嘴的灰狼躺在屋前，已不动弹。那只我喂过水的花鹿，身上沾满了血，站在窗前，像一位英雄的哨兵，看上去，疲惫而兴奋，它的身后，有十来只大小不等的鹿。我忽然明白了，昨夜，是这只野鹿，以及它身后的鹿群救了我！我慌忙打开门，奔出户外，那只鹿见了我，摆摆脑袋，很自豪的样子。难道，它一直就在我的窗前，在芭蕉叶下，夜夜守护我的烛光？是它听见了我的惊叫，然后一声嘶鸣，唤来了满山的鹿群？我感动！我震惊！却无以回报它们！只是回到屋里，再次拎来满满一桶水，放在芭蕉叶下。其实，这个时候，山中早下过几场雨了，这些鹿们，不渴。但是，领头的那只鹿俯下头去，喝了一口，看看我，看看身后的鹿。然后，它身后的那些鹿，一个接一个，走近桶边，喝完了我桶里的水。我眼含热泪，默默看着，像是在高台上亲临一场远古部落里的神圣庄严的结盟仪式。然后目送它们缓缓向深山走去，直到鹿群在视线里消失，直到深山那边遥遥传来暴雨般呼啸丛林间的蹄声。

这之后，我回到了山外的家里，回到人群里，并且，开始深深地爱着这个世界。我愿意相信：只要我一次又一次地付出，只要狠狠弃了我的戒备和疏离，我能够收获爱和信任，收获一个丰饶的人生。临走，房顶的水塔改建在地面上，依然引山泉，让它终年满着，倒映山中的百草，喂山间的每一个生灵。并且告诉我身边每一个人：在山中，我有一座房子，有一个家。

栀子花开时

许冬林

也许没有多少人知道，一个初夏夜里女孩的心思，盼着栀子花开的心思——用嗅觉数着花开的讯息。我只是想啊，在晨起梳妆时，在我的梳妆桌上母亲已放着两枝刚摘的栀子花，还含着露，明眸皓齿似的瓣白蕊黄。我只是想，在背上书包时，在乡村的路上，我一路芬芳地走过。我只是想在那样的清晨做一个香香的俏女孩！

在20世纪七八十年代，庭前院后的一棵花树就是一个女孩所有美丽的梦想。我是一个幸福的女孩，姑姑在临出嫁前，给她刚出生不久的侄女儿栽了一棵栀子花树，然后我和花树一起长大，当我到了爱戴花的年龄，花树也开花了。

在乡村简朴的小院里，在燕子穿梭的屋檐下，一团葱郁的绿叶丛中，嵌着白蝴蝶一样的花儿，迎风舒展着白翅，在暗夜里的星光下，一瓣一瓣地绽开，瓣瓣都花气袭人，肥嘟嘟的花瓣像婴儿粉嫩的小掌悄悄褪去了羞涩的暗绿或鹅黄，就那么一层一层率性地开着，像精心装扮的天宫仙女，丽质中脱不了那份纯真。

从看着花树上打上第一个蓓蕾，到守着最后一个蓓蕾的开放，只有我自己知道我甜蜜而焦虑的心思！夜风把小窗轻轻推开，把阵阵馥郁的花香送到一个女孩的梦里。只是风啊，你小心些，不要让枝叶轻摆，让我的花瓣上有了折痕；门口的小黄狗啊，你警醒些，不要让邻家的女孩偷了我的花儿；妈妈啊，清晨摘花时仔细些，不要漏掉了一枝，我的碎花裙子上还想别上白白的一枝……

可是该怎么诉说那个悲剧呢？一个女孩从此在夏日的清晨没有花戴了。20世纪七八十年代的农村还是贫困，母亲贪恋五块钱将花树卖给了村里的干部，移栽在新建的村办公楼的大院里。花树是连根挖走的，只剩下一个疼痛的土坑。放学回来后的我，发现家里唯一的一道风景不见了，伤心得大哭，妈妈被我哭得也唏嘘不已，想用五块钱收买我的眼泪，但五块钱买不了一个个花香四溢的早晨，买不了一个女孩头顶上花朵乱颤的美丽。我的泪水淹没了那个空空的土坑，那个花儿已去的黄昏，泛滥了一个夏季。从此黑夜就是黑夜，黑夜里再没有了盼望天明的梦想，没有花香的黎明对于一个女孩来说还有什么意义呢！只是后来每天上学我都会忍不住绕道到村办公楼大院，看看哪一棵花树是我家的，长高了没有。我像一个被改嫁的亲娘丢掉的孩子，时不时趴在高墙边的墙缝里偷看亲娘的模样。栀子花再开时，已不在自家的院里，花开得太多太香，开败了的花儿脸色黄黄地歪倒在枝头，无人摘去，它像深宫里的妃子，在百花争艳的楼台下孤独地老去。

然后，我学会了栽花，我从同学家剪了一截压枝，日日浇水小心呵护，可是等到花儿开了，我已过了戴花的年纪。

　　唉，又到了栀子花开时。

　　我捧着书本走进教室，教室里满溢着栀子花纯洁浓郁的清香，多么熟悉的芳香的清晨啊，心怀似乎豁然荡开。五十几双眼睛看着我，微微笑着，然后他们的目光缓缓下移，落在了讲台上。原来我的讲台上静静地躺着几枝栀子花，一如二十几年前躺在梳妆桌上的那几只。我拾起它，贴于脸间，有泪想落。自此，我的讲台上、办公桌上一直开满了栀子花。有张口大笑灿然开放的，有含着露将开未开的，有拘谨地抱紧白裙，小鼓槌一样淡绿的花苞，直开到最后一枝花来谢幕。多年的疼痛渐渐逝去，心在那片浓浓花香里渐渐温柔和甜美，不禁感叹，生命是如此玄妙，竟然有一支无形的笔，正把曾经的缺憾悄悄画圆。我没有想到，从前命运在我的发间拿走了几枝，如今上苍却把一个夏日清晨的所有芬芳还给了我！

　　也许，在初夏的夜里，还有一种女孩的心思，盼着栀子花开的心思，用嗅觉数着花开的讯息。她们希望背上书包时，手里再拿着几枝，然后悄悄放在她们爱花爱美的语文老师的桌前。

老虎化成了春风

凉月满天

什么是命运?

小时候最大的愿望是:长大了要当老师,一定要当老师。后来,考大学,要填志愿,不带"师范"两个字的根本不考虑,也果然读了一所师范专科学校,如愿以偿。在讲台上一站就是十来年,你想象不到那有多自豪。这是我的讲台,这是我的学生,这是我所喜欢的。命运优待,我得从所愿。

但是忽然有一天,我就嗓子"摧泡",再也说不出来话。说实话,落差很大。

两年后,拿起笔,觉得是命运威逼。

可是,读初中时,我就组织过同村的女同学在家里开过诗会,她们不知道我在搞啥。我还有一个小本子,上面写了好多好多的作文题目,准备以后把它们一篇一篇都写出来。这些又怎么解释?如今,本子早没有了,我写出来的文章,比列出来的题目多多了。

只能说,很久以前翻土撒下的种子,经过长时间的黑暗沉埋,趁着一点点契机,发出芽芽。

本地的文友这么看待我:"您不容易,为了写作,把家都搞没了。"

不，不全是为了写作，但它也是罪过，否则出了轨的前夫不至于还要一脸"正气"地派人传话："要还想在一块儿过可以，不能再写东西，天天上完了班，在家里伺候我。"我气笑了。天平两边，一端放上笔，一端放上你，你看我会选择谁。

我读初中就练字，长大了事事儿地给自己准备了笔墨纸砚，结果发现不行，坚持不下去。幼时即喜画干枝梅，弯弯曲曲画满纸。结果想学画禅绕画，书买来了，就撂一边去。我还学过弹琴，也坚持不下去。我就写作能坚持下去，大约这是唯一合心意，觉得值得坚持下去的东西——我会算计，一定要计算投入产出比。

可是论起来，书法、画画如果搞好了，比写作的收入高；但是我就是爱上写东西，那么这个投入产出比就不能那样算了，要这样算：投入多少时间和心力，收获多少满足和愉悦。我觉得写东西比较值。

所以，当再婚的先生跟我说："你少写点儿东西，太累，没事看看电视。"我反驳说，看电视有什么意思，更累。

说起婚姻，也是矛盾。有一个文学底子特别好，我们两个的交流不要太精彩，但是，心里就是不肯选他。黑夜里，躺在床上，反复问自己，为什么是这样子。然后想明白了一件事：他发来一篇自己的文章让我看，我好心指出来哪里可以改一改，他说："我有我的思路，你理解不了是你的事。"我不要带一个半懂不懂的人，过一种半生不熟的日子，没事吟吟风花雪月，有事便杠起来。

所以，PASS。

罢了，我爱算计我承认。我心里有一头会算账的老虎，我不和它扭着来，扭也扭不过去。第一段婚姻早就该离，实质原因既不是对方出轨，也不是对方让我不要写作，而是一个日渐庸俗、自私的人实在没办法让我再去拿来爱。所以老天爷借由这件事的发生，让我彻底下定决心，离得义无反顾，走得利落干脆！

纵使满身伤痕，感谢命运恩待。

但是，这些都不是最终目的。我要达到一个什么目的，这才是最要紧的事。

我不要天天朝九晚五，不要动不动就开会，不要天天写公文，我要想什么时候睡就什么时候睡，想什么时候起就什么时候起。每天出村逛一圈——我嫁了一个小农场主，村里村外的穿梭简直不要太方便。立春已过，正午十二点，两排杨树夹道，远远的阳光打下来，前路是发着光的幽深。长着青苗的田野正憋着力气，天气一暖就马上绿给你看。我喜欢这个样子。

这是我的心意。我要过一份宁宁静静的小日子，写一点开开心心的小东西，做一个稳稳当当的小工作，当一个安安详详的小灵魂。

感谢命运，替我成全。

它一切都在替我成全。

"少年派在浩瀚孤独的海上漂流，孟加拉虎象征着人心中的恐惧和渴望，是每个人想要逃避却最终仍要面对的自我"——那不是老虎，那是一股龙卷风一样的能量。龙卷风也是风，你不憋着它，而是顺着它，它就不具破坏性。只要你对自己真诚，知道自己想要什么，只管去做，其他的交给命运。它会恩待，它会成全，然后，睁眼闭眼间，老虎就化成了春风。

随　便

陈志宏

偶然听到一对年轻恋人的对白，不想笑都不行——

男：亲爱的，晚上你想吃什么呢？

女：随便。

男：咱们去吃烧烤吧？

女：不行哦！

男：那就去吃牛排？

女：不好啦！

……

男：那你到底要吃什么呢？

女：随便。

换作你是那个男孩，听到这儿，会不会气炸了，抑或是又好气又好笑，无可奈何？你还别说，南昌不少餐馆还真有一道菜就叫"炒随便"。这精明的商家，为多少恋爱中的男孩解了围呀，冲这一点，你不得不佩服餐馆老板的高智商。

说到"随便"二字，我一度觉得恐慌，因为六岁的女儿把她当作口头禅。但凡要她做个什么选择，她一个"随便"就给你挡了回来。这样下去，怎么能形成主见呢，怎么能当机立断呢？怕她长大了像我这样优柔寡断，犹犹豫豫，错失大好的人生良机。

近读鲍文清女士的《启功杂忆》一书，方知"随便"有益，有大益，我对它的成见，显然不合时宜了。纵观启功一生，随便，功莫大焉。

启功先生下笔瘦硬，落墨俊朗，文字飘逸秀雅，人称"当代书圣"，论及写字，他说："我一向不赞成把写字说得那么神秘，你看我写字不是很随便吗？把写字吹得太神了，搞得太神秘，人家谁还敢学呀？"正是这样的"随便态度"，成就了一代书法大家。

小时候，启功上书法课，写字写得好的同学跟他说怎么写好字，越讲越神乎，他却越听越糊涂。白姓师兄随便点拨了一下：执笔不要死，手腕不要有意悬空，临帖不要死描点画……就这样随随便便的一句，他摸到了门道，告别糊涂，开始了习字生涯。

初学者一般都会选用九宫格和米字格，方格均等分。启功觉得那个太规整，过于严肃了，完全可以随便一些，于是，创造性地发明了"五三五"不等分——上下左右较大，中间较小。字格不必那么中规中矩，不均等的也许更适合展示文字的灵动，舒放字的天性。

经历长期的书法历练，启功发现中国方块字在结构上有先紧后松，左紧右松，内紧外松等现象。自古以来有"横平竖直"之说，但在实际书写中，也存在一定形式的变化，不必拘泥。启功觉得随便写，写出随意的感觉来，就很好了，于是高举"随意"的旗帜，大胆修正赵孟頫"书法以用笔为先"的理念，提出"书法以结字为先"，成就了自己独特的书法风格。

启功的随便，在抓笔方面有生动的体现。自古以来，握笔要"五指齐力，万毫齐力"，已是书界的不二法门。启功却不以为然，觉得五指有短长，怎么能力齐均分呢？握笔不要讲究那么多，随便一握，不要掉下来就行，就像吃饭拿筷子，能用筷子把饭菜夹到嘴里就行，不必向全体国人推行所谓的"拿筷子法"。

写字，随便一点，没什么不好，就像启功那样，随便一写写出书界一绝，做人做事，莫不如此吧。

回到文中的开头。那个对恋人说随便的女孩，你不觉得她真爱着他，依赖他，要不然，她完全可以山珍海味狂点一通呢？还有我女儿脱口而出的"随便"，其实，我也大可不必烦恼。为什么我非要给女儿设定AB两个选项让她去选择呢？为什么她不可以选择C，或者直接选随便呢？还孩子自由，给他完整的空间，不好吗？世间万事随缘，人遇诸事随便。

随便之法，成就非凡，随便之心，成就圣明。缘分，成事随意，诸事随便，成功的路。

邂逅你的苦涩年华

崔修建

　　20年前的京广列车，速度比现在要缓慢得多。她是早上八点从长沙上的车，因为是临时决定前往广州，没能买到卧铺票，但在车票异常紧张的时期，她居然买到了一张临窗的硬座车票，还是相当知足的。

　　沿途变换的风景，不停地从车窗前闪过。赏倦了，她就拿出一本《诗刊》，慢慢翻阅。那会儿，她刚大学毕业，在一个令人羡慕的单位上班，爱情也快到了收获季节，一片光明的日子里，充满了诗情画意。

　　临近中午时，车厢过道里站立的旅客越来越多，已经颇为拥挤了。能够有一个舒适的座位，的确是一件很幸福的事。

　　那个长得有些稚气的男孩，个子很矮，一只手攥着折叠起来的装化肥的塑料编织袋。他脸上带着兴奋和紧张，好像一上车，他就站在她对面的过道上，不时地朝车厢两端张望。

　　她看到他深蓝色的裤脚，有一个明显的破洞，有点儿皱巴的短袖衫，不利落地塞到腰带里，一个大编织袋塞在她的座位下面，鼓鼓囊囊的，不知装的什么东西。

　　忽然，车厢那端一阵骚动，检票员开始查票了。这时，他迅捷地展开手里的编织袋，唰地一下子套在自己身上。原来，那个袋子的另一端，早已被拆开，已变成一个圆筒。

他赶紧趴下，手脚麻利地钻入对面的座椅下面，整个身子蜷缩成一团。她忙收回双脚，生怕碰到他的头。

她曾听人讲过，火车上逃票的种种做法，没想到今天亲眼见识了这样一幕。

车厢里面的人实在太多了，检票员不时地扫视车座下面，居然没发现他。

检票员已走远，警报解除，一位中年妇女招呼他："小伙子，快出来吧，下面空气不好，别憋坏了。"

他伸开双腿，一点点地挪动，缓缓地退出来，在一位乘客的帮助下，他脱下编织袋，掸掉头上粘的灰尘，满脸的难为情，像犯了一个大错误。

与他的目光相对时，她看到了一抹可爱的羞涩。

她在小说中见到过不少他这样卑微的小人物，知道他们的窘迫、辛酸与无奈。

她冲他笑笑："一个人去广州？"

他不好意思地点点头："有老乡在那里打工，我也想过去看看。"

"哦，你这是去远方寻找青春的梦想。"她随口说出了一句诗意的话，因为那一刻，她想起了作家余华的那篇选入中学课本的小说《十八岁去远行》。

那位中年妇女递给他一个橘子，他推让了一会儿，还是接了过来。

接着，她知道了他来自湘西，高一没念完，便被迫辍学打工了，因为母亲一直生病，父亲又摔断了腿。昨天，他刚刚过完18岁的生日。

说到以后，他坚定而自信地告诉大家，他一定好好打拼，拥有让人赞叹的成功。

她不无敬佩地给他鼓掌，为他逆境中那不肯折弯的信念和坚韧。

对照他，她简直是生长在幸福的大海里了。从小家境就十分优越，她穿的衣服漂亮又时尚，从小学到中学，读的都是重点，大学读的也是自己喜欢的专业，毕业找工作轻松愉快。长到24岁，她似乎从没遇到过什么挫折，更不要说经历什么磨难了。

下车前，她悄悄地替他补了一张10元的车票，免得他出站时遇到麻烦。他连连道谢，感动得竟有些手足无措，总想回赠给她点儿东西，却实在没什么拿得出手的。

她善解人意地告诉他："等着你有一天发财了，我去找你，你请我吃大餐。"

他使劲地点头："没问题，你一定要找我啊。"

他瘦小的身影裹在人流中，走出好远了，她仍站在那里张望着。

20年的时光呼啸而过。她想过他的日子一定会好起来的，但没想到，当年那个毫不起眼的逃票男孩，真的像一部励志大片中的男主角一样，几经磨难，最终完成了人生华丽的转身。如今，他已是国内著名的"房产大亨"，个人名下已拥有数百亿财富。他频频亮相于报刊、电视和网络上，他的事业还在蒸蒸日上。

而她，在邂逅他的苦涩年华后，没有演绎人生传奇，却品味到了许多苦辣酸甜——那段憧憬中的美满婚姻，只维系了七年，便破裂了。再嫁，又是痛心的遇人不淑。她身心俱伤，一度不相信世间还有真爱。直到两年前，她嫁给同样爱情几次受挫的一位大学老师，过上了波澜不惊的世俗生活，她的心才有了稍许的平静。

她早已不写诗了，甚至连读诗的兴趣也没了，风花雪月的日子，早已让位于实实在在的柴米油盐。

在长沙举办的图书会展上，她受一位出差在外的同事委托，去购买最新出版的一部畅销书，并请现场的作家签名，因为同事的女儿是那位作家的铁杆粉丝。

在琳琅满目的书海中穿行，她真切地感受到了岁月匆匆的脚步。

如愿地买到书并讨到了签名，回转身来，朝出口走去时，她的目光被一个巨幅广告吸引过去，那是在宣传一部传记，而主角正是当年慢行列车上那个落魄的小男孩。

她走过去，面对巨幅广告上满脸坚毅的他，曾经的那些细碎的情节，纷纷涌来。

她想起了与他告别时的约定，想到了他的羞涩和自信……

她情不自禁地买了一本他的传记，她想看看他当年在广州是如何淘到"第一桶金"的，以及他是怎样书写人生传奇的，虽然，她此前已经从报刊和电视上知道了一些。

她边读边感慨。

令她心暖的是，在书籍的第58至60页，讲到了他们那次列车上的邂逅，他感谢那些好心人给他的善意帮助。特别是她，一个衣着时尚的女孩，临下车前塞给他的那张车票，他至今仍保存着。还有，他一直记得当年的那个约定，期待着有朝一日，能够与她见面，请她吃大餐，还要当面向她致谢……

轻轻拭去眼角的泪花，她感觉有幸福正向自己走来，如此清晰，宛若那些鲜亮的记忆。

她知道，很容易找到他，但她不会去找他。曾经的那些，都已变成了美好的回忆，且留藏在心灵深处好了。

邂逅了他的苦涩年华，又看到了他的辉煌岁月，她更加坚信：这个世界上，一切皆有可能。

谢谢你纯真的赞美

崔修建

那是暮春的一个午后，刚刚遭遇了失去工作、失恋两重重大打击的他，又被告知患上了一种罕见的属于自身免疫系统的疾病，目前医学界尚无有效的治疗药物。

握着那张冰冷的诊断书，他突然感到自己眼前的世界一下子倾斜起来，四周的高墙都向他挤压过来，挤压得他喘不过气来。

缴清了房租，他握着仅有的71元钱，对着镜子里憔悴的自己苦笑了一下，一个强烈的念头立刻攫住了他的心——既然这个世界已经不喜欢自己了，又何必苦苦留恋呢？

他生平第一次走进了麦当劳，花掉了70元钱。然后，他平静地来到那栋摩天大楼前，想最后再看一眼这座曾让他向往让他伤心的美丽的城市。

在走过大楼前的广场时，他的脚步明显快起来，他不忍看那几位正悠闲地打太极拳的老人，更不忍看不远处那两对亲热的恋人，似乎他的目光一迟疑，就会改变已拿定的主意。

"叔叔，你能帮我把风筝放到天上吗？"一个打扮得像花蝴蝶的小女孩，拖着一个红蜻蜓形状的风筝，仰着头向他求援。

"我，我……"他想说自己已很久没有放过风筝了。

"我都放好长时间了，都没放起来，妈妈也放不起来。"小女孩汗津津的小脸和亮晶晶的眸子，在诉说着她曾怎样地努力过。

"好吧，让我来试试吧。"他不忍看到小女孩的失望。

可是，费了很大的劲儿，风筝也只飞起了两人多高，他心里开始堆积新的沮丧，小女孩却兴奋地喊着："哦，叔叔，你真棒！我的风筝就要飞起来喽。"

也许是受了小女孩快乐的感染，他开始认真地琢磨风向、角度、力度等，开始细心地总结一次次失败的原因。终于，那风筝一点点地升起来了，越升越高。追着高空中飘动的风筝，他和小女孩的眼里和心里都填满了快乐！

"叔叔，你真棒！"小女孩崇拜地一遍遍地赞扬他。

"我真的很棒吗？"刹那间，他的眼里浸满了泪水，只为小女孩的赞叹和不远处小女孩母亲那阳光般的微笑。他忽然意识到自己差点儿做了一件最傻的事——风筝可以一次次地跌落到地上，但最终还是能够升起来的，一串梦想打碎了，还可以再放飞一串嘛。在这个大千世界里，我虽然不是最棒的那一个，但也不能做最熊的一个啊。

他甚至为自己那没出息的想法羞愧起来。帮着小女孩将风筝放得更高更高，在小女孩欢快的"叔叔，你真棒"的叫喊声中，他的心田里撒满了明媚的阳光。

后来，他以积极的心态开始了新的生活，他找到了一份理想的工作，并开始写作。他漂亮的文字感动了许多的读者，其中有一个美丽的女孩因此执着地爱上了他。三年后，当他再去医院复查时，医生惊讶地问他用了怎样的良方，因为他的病情非但没有发展，反而有了明显的好转。

于是，他向我的那位经验丰富的医生朋友讲诉了上面这个故事，他说，正是那个小女孩的一句纯真无邪的"叔叔，你真棒"，让他恍然发现了自己还能，也应该去做许多事情，而在充实的做事情的过程中，他感觉到一个人好好地活着，实在是一件很美的事。

很简单也很神奇——改变命运走向的，往往只是一些微乎其微的小事，一句话，一个微笑，甚至一个眼神，只因那纯净的赞赏与爱，春风化雨般地滋润了心田，于是，就有了梦想、热情、勤勉，就随之演绎了无数的神奇与美好……

祖父最珍贵的遗产

崔修建

在他出生前两个月，祖父便去世了。借助于父辈和乡亲们零零碎碎的讲诉，他脑海中印下了祖父这样不同寻常的人生经历：他祖居浙东，少年得志，18岁入京城名牌大学，中年经商，生意做得很大，成了省内外有名的富商。20世纪60年代初那场铭刻历史的大灾难来临时，祖父散尽了万贯家产，挈妇将雏来到东北的一个林区小镇，默默地走完了此后清贫的人生。

"如果祖父当年不那么实在得犯傻，不把自己用智慧和汗水赚来的财富，那么慷慨地分赠给那些素不相识的灾民，而给我们每个儿女都留下一些遗产，让我们后来能有创业和发展的资本，说不定我们现在都富裕起来了。"这是他从叔叔婶婶们口里常常听到的慨叹，那口气里有些许的遗憾，有些许的抱怨，也有些许苦涩的无奈。听得次数多了，再看看父辈们如今一家比一家清苦的日子，他也在心底认为祖父当年的举动的确有些傻。

连村里一些上了年纪的乡亲们也都唏嘘不已——若是祖父给他的后代留下一批遗产，那他们这个家族或许是村里最富有的了。而一生老实巴交地只知道下苦力气过日子的父亲，常常说的一句话却是："上辈是上辈的，我们是我们的，一代人要有一代人的活法。"父亲从没有说过"假如祖父当初……"之类的话，似乎祖父留不留下遗产，与他毫无关系似的。

他高考落榜后，到江浙沿海一带打工。辛辛苦苦地打拼数年，终于有了一点点的积累，他便盘下一个店面，雄心勃勃地准备大干一番，希望重现祖父当年的辉煌。

然而，初涉商海，他便被迎头浇上了一桶凉水。原来他看好的一单水果生意，竟是一个可怕的陷阱，而他已深深地陷了进去。眼看着左借右挪来的二十多万元本钱，就要随着那些正在一天天烂掉的水果离他远去，可他实在输不起啊。那些天里，他急得像没头苍蝇团团乱转，却于事丝毫无补。

那天，好容易碰到一位买主，同意买他那些即将烂掉的水果。绝望的他像溺水者抓到了一棵救命稻草，决定赶紧把那些咬手的水果处理掉。买主是一家养殖场的老板，人家开出的是饲料的价格，而他已没有讨价还价的余地了，因为再不立刻出手，他就只能面对血本无归的惨淡结局了。

两人很快谈定了这桩买卖，他心痛无比地跟买主聊起了这些年来的苦涩经历，不知不觉中他提到了祖父的名字。仿佛惊雷般地一瞬，买主的身子猛地一晃，突然紧紧地拉住他的手，惊讶地望着他，认真地问起他祖父的情况，当他再次肯定地说出祖父的名字及其经历后，买主的眼睛陡然一亮，激动地抱住他大声喊道："恩人啊，我们终于找到你了。"

"恩人？"他愣住了。

"是的，你祖父是我们家几代人的恩人，在我很小的时候，父亲就跟我讲你祖父的故事，告诉我们是你祖父救了我们全家人的命，父亲让我们一定不能忘了你祖父的大恩大德。这些年来，我们一家人，还有很多当年受过你祖父帮助的人，都一直在找你祖父，找你祖父的后人，希望能报答他老人家当年的救命之恩。"买主的眼睛里闪烁着感激的泪珠。

他还在惊讶时，买主已经不容置疑地给出了新的水果购买价格——那是他根本不敢想象的价格，比此时市场最高价的两倍还高，足以让他赚到5万元的利润。

他感激地连连谢绝，他已不奢望能在这单生意上赚钱。能够少赔一些，他就已经很满足了。而买主却安慰他："小伙子，按我说的办，我把你的这些水果推销到一家果酒厂，那个老板现在资产过千万，他小子能够有今天，也多亏了你祖父当年的慷慨救助，他说要不是你的祖父，他恐怕当年就被饿死了。相信这点儿小忙，他肯定会高兴地去帮的。"说着，买主将一张支票递到他的手里，让他去寻找新的商机。

后来，又有很多当年曾受过他祖父恩泽的人陆续找到他，他们以各种方式表达自己满怀的感激之情，他的生意也在大家的帮助下，一天天地做大起来。他拥有了自己的大公司，远在林区小镇上的亲戚朋友们也纷纷投奔他而来。

如今，事业正如日中天的他，每每谈起自己的这段商海经历，总会情不自禁地这样感慨："我能有今天的成功，要特别感谢未曾谋面的祖父，是祖父当年慷慨无比的馈赠，为我存下了一笔巨大的遗产。他给了我立足、发展的雄厚的资本，让我一生受用不尽。"

是的，祖父留下了一个响当当的、让子孙后代自豪的名字，也留下了一份让后人品味不已的财富，那是远比金银还要珍贵的遗产。

补丁也可以绣成花朵

孙道荣

拐角凹进去一段，就是她的舞台。她在这里摆摊织补，已经好几年了。

每次路过，都能看见她，坐在凹槽里，埋头织补。身边的车水马龙，似乎离她很远。她很少抬头，只有针线在她的手上不停地穿梭。

这里原本是一个城乡结合部，这几年城市西迁，这块地也跟着火热起来，到处是建筑工地。上她那儿织补的，大多是附近工地上的民工。衣服被铁丝划了个口子，或者被电焊烧破了个洞，他们就拿来，让她织补下。也不贵，两三元钱，就能将破旧的地方织补如初。如果不是工服，而是穿出去见人的衣服，她会更用心些，用线、针脚、纹理，都和原来的衣裳一样，绝对看不出织补过。

从她所在的拐角，往前百米，是一所学校。我的孩子，以前就在那所学校读书。每次接送孩子，都必经她的身旁。也就对她多留意了点。

一天，妻子从箱底翻出了一条连衣裙，还是我们刚结婚时买的，是妻子最喜欢的一条裙子。翻出来一看，胸口处被虫蛀了个大洞。妻子黯然神伤。我的眼前，忽然浮现出她的影子，也许她可以织补好。

拿过去。她低头接过衣服，看了看，摇摇头说，洞太大了，不好织补了。我对她说，这条裙子对我妻子意义不一般，请你帮帮忙。她又看了看裙子，忽然问我："你妻子喜欢什么样的花？""牡丹。"我告诉她。她看着我："要不然我将这个洞绣成一朵牡丹，你看怎么样？"我连连点头，太好了。

她从一个竹筐里，拿出一大堆彩色的线，开始绣花。我注意到她的手，粗大、浮肿，一点也不像一只绣花的手。我疑惑地问她："能绣好吗？"她点点头，告诉我，以前她在一家丝绸厂上班，就是刺绣工，后来工厂倒闭了，她才开始在街上摆摊织补。"我原来绣的花可漂亮了。"她笑着说，原来的手也不像现在这么笨拙，在外面冻的，成冻疮了，所以，才这么难看。

正说着话，一个背书包的女孩，走了过来。以为女孩也是要织补的，我往边上挪了挪。她笑了："这是我女儿，就在那边的学校上学。"女孩看看我，喊了声叔叔，就放下书包，帮她整理线盒，很多线头乱了，女孩就一根一根地理清，重新绕好。不时有背着书包的孩子从我们面前走过，有些孩子看来是女孩的同学，她们和女孩亲热地打着招呼。女孩一边帮妈妈理线，一边和同学招呼着。脸上挂着浅浅的笑容。

我好奇地看着女孩。她的稚气的脸上，已经三三两两冒出青春的气息。她似乎一点也不在意，她的同学看到她的妈妈是个街头织补女。这出乎我的意料。我有个同学，就因为长相土了点，苍老了点，他的儿子从来不让他参加家长会，也不让他去学校接自己，男孩认为，自己的爸爸太寒碜了，出现在同学面前，丢了自己的脸。

我对她说，你的女儿真好。她看看女儿，笑着说：是啊，她很懂事。这几年，孩子跟他们也吃了不少苦。女孩嘴一撇："吃什么苦啊，你和爸爸才苦呢。"忙完了手头的活，女孩拿出书本，趴在妈妈的凳子上，做起了作业。我问她，怎么不回家去做作业。女孩说，她们要等爸爸来接，然后一起回家。

她穿针引线，牡丹的雏形，已经显露出来。这时候，一个中年男人蹬着三轮车骑了过来，女孩亲热地喊他爸爸。我对她说，天快黑了，要不我明天再来拿，你们先回家吧。她摇摇头说，就快好了。

路灯亮起来的时候，她终于将牡丹绣好了。那件陈旧的连衣裙，因为这朵鲜艳的牡丹而靓丽起来。

中年男人将三轮车上的修理工具重新摆放，腾出一个空位子来，然后，中年男人一把将她抱了起来，放在了那个座位上。我这才注意到，她的下半身是瘫痪的。女孩将妈妈的马扎、竹筐放好，背着书包，跟在爸爸的三轮后，蹦蹦跳跳地走去。

目送他们一家三口的背影，我拿着那件绣了牡丹的裙子回家。你完全看不出来，牡丹之处，曾经是一个补丁。